俺の家に何故か学園の女神さまが入り浸っている件2

紫ユウ

角川スニーカー文庫

22064

The cutest high-school girl is staying in my room.2

CONTENTS

design work:AFTERGLOW
illustration:木なこ

プロローグ　凛の朝の日課

The cutest high-school girl is staying in my room.

夏の早朝、私はこの時間が好きです。

窓を開けると、太陽に温められる前のやや肌寒い風が部屋の中を駆け抜けていきます。

これがなんだか気持ちよく、ついぼーっと外を眺めてしまいたくなりますね。

空に目を向けると、暁の爽やかな薄明が東の空に星々のまどろみを消し去って、幻想的な光景を演出していました。

これらを見ていると、今日も一日が始まってくれたなぁ～と嬉《うれ》しい気持ちになります。

私の朝は、比較的早い方です。

目覚ましを使用しているわけではありませんが、毎日同じ時間に起きます。体内時計というよりは、長年の習慣のお陰と言うべきでしょう。

さて、ここから私のやることは決まっています。

――身支度を整え。

――朝の勉強をして。

以前はこれだけが日課でした。けれど、今は違います。

「今日は何の朝食にしましょうか」

私はキッチンに向かいながら思考を巡らせていきます。

昨日、アルバイトがあったので、きっと賄いを食べていることでしょう。

……また、ハンバーガーなどのジャンクフードですよね。となりますと、和食系統の方がバランスが取れているかもしれません。

私は時間を確認します。モーニングコールが遅れるわけにはいきませんからね。

……後、三十分ほどですか。

「材料だけ準備して、後は家で作りましょう。作り立ての方がおいしいでしょうし」

野菜を切って、それをタッパーに入れてゆきます。

あ、そういえば魚はどこに――

「お魚さんは、干物ならあるわよ～」

話すトーンがやや間延びして、気の抜けたような声が背後から聞こえてきました。

「おはようございます。お母さん」

「は～い。おはよ～今日も偉いわねぇ。お母さん感心しちゃうわ～」

「これは私が好きでやっていることなので」

これは謂《い》わば私の〝ただのお節介〟です。ただやりたいからやっていて、そこに偉いも何もありません。

でも確かに……彼が喜んでいる顔を見るのが好きですけど。

「ふふふ～。凛《りん》ちゃんも立派な乙女ねぇ。お母さん応援しちゃうわ～」

「そ、そんなことはないです！」

「心を摑《つか》むなら、まずは胃袋というのは鉄板よねぇ」

「だから、そういうことじゃないですからっ！」

「よしよし。わかっているわよ～」

……もうっ。また子供扱いして……。

わかっていて聞いてくるお母さんについムキになって反応してしまいます。

お母さんは笑みを浮かべ、優しい眼差《まなざ》しで私の頭を撫《な》でてきました。

「いい凛？ 恋は相互理解。どんなことがあってもめげずに寄り添うのよ？」

「え、ええと。はい、勿論《もちろん》ですけど……」

めったに見ることのない真剣な目をしたお母さんにたじろいでしまいました。

ですが、すぐにいつものお母さんに戻り、また頭を撫でてきます。

「凛、今日も頑張って」

「はい！」

私は鞄《かばん》に食材を詰め、今日の持ち物をもう一度確認します……うん。大丈夫ですね。

「それでは、行ってきます」

「はいは〜い。いってらっしゃーい」

さぁ。今日も向かいましょう。

私の好きな……不愛想な彼の元へ。

第一話　何故かリア充達が集まるんだが

The cutest high-school girl is staying in my room.

——女神様とのデートという大変刺激的な出来事から数日経《た》ったある日、俺はいつも通りバイトをしていた。

デートの最後にドキリとすることを言われたが……生活は特に変わっていない。

平々凡々、俺らしい日々である。

いつも通り凛《りん》に起こされ、凛の作る朝食を食べた後にバイトへ向かう。バイトの休憩時間は、店長に気を遣われて凛と過ごし、帰ってからは夕食を食べて、そして凛に勉強を教わる。まぁ、こんな毎日だ。だから、特に代わり映えの………あれ？

——平凡から遠ざかってないか？

俺は左右に頭を振り、目の前の男に視線を戻す。そうこのリア充……、

「今日は男同士で熱く語り合おうぜっ！」

「バイト中なんだが……」

カウンター越しに爽やか笑顔を向ける健一《けんいち》に俺はため息をつく。

　まぁ幸いなことにこの時間は人が少なく、俺の前にいるのも健一ぐらいだ。でも普通にバイト中は鬱陶しい……一応、人のいない時間を狙ってきてるみたいだけどね。

「だってよー、お前が悪いんだぜ？　連絡したのに返さないからさ～」

「すまん、ブロックしてたわ」

「え、酷《ひど》っ⁉」

　実際には拒否などしていない。ただ、

『よっ！　ちゃんと大人の階段を登ったか～？　まぁチキンには難しいと思うが……。それでも一歩ぐらい前進があってもいいだろ？　なぁなぁ、結果教えてくれよ～。俺とお前の仲だろ？　ふ、隠すことはねぇぜ、男らしい下衆会話《トーク》に花を咲かせようじゃねぇか‼』

　と連絡が来て秒で消しただけだ。普通に長文でウザい……。

「んで、先日のデートはどうだったよ？」

「お客様、ご注文はいかがですか？」

「いやぁ～、俺としては大人になった翔和《とわ》を期待しているんだけどなぁ」

「おい、バイトの邪魔すんなよ。暇なら、なんか注文して売り上げに貢献しろ」

「え～。翔和だって暇そうじゃねぇか。話を流さずにさ、俺の話に付き合ってくれよー」

「俺は公私混同しない主義なんだよ」

「はぁ、仕方ねぇな～。じゃあ翔和のお勧めを適当に選んでくれ！」

「かしこまりました。では、大人のスペシャルセットですね。お会計は二千円になります」

「高っ⁉」

「当店のスペシャルメニューですので」

「まぁ、いっか……。んじゃ翔和、待ってるから後で教えてくれよ！」

値段を少し気にはしたものの、他は何も気にする様子はなくレジに二千円札を置いて大量に積まれたジャンクフードを持って行ってしまった。

つか、あの量を食うの？　フードファイター御用達《ごようたし》メニューみたいなもんだぞ？

それに……二千円札か。まだ生きてたのね。

◇◇◇

休憩の時間となり、嫌々ながらも健一のところに向かう。俺の姿に気がついたのだろう、イケメンの爽やかな笑みがこちらに向けられた。もし、俺が女子だったらこのスマイルだけで心を奪われていたかもしれない。現に、女子高生と思われる人達が健一をうっとりとした目で見つめている。目がハートマークと錯覚してしまうぐらい釘付《くぎづ》けだ。この場に藤《ふじ》さんがいたら、怖かっただろうなと思えるほど見惚《みと》れてしまっている。

でも気持ちはわかる。リア神《がみ》とは別の空気を醸し出していて、健一の周りだけ空気がなんか違うのだ。喩《たと》えるならアイドルやイケメン俳優とかの華やかさって感じだろうか？

「おっ！　やっと休憩時間になったか～。早く来いよー」

手招きをする健一のテーブルを見ると、バーガーの包み紙と少しだけ残っているポテトが……。

うん？　スペシャルメニューどこに行った……？

「健一、まさかと思うが……あの量を食べたのか？」

「おう！　育ち盛りだから、あんぐらいの量なんてよゆーだぜ」

「……うえー」

「おい、人に食わしておいて引いてんじゃねぇよ！」

普通にフードファイターが食うぐらいのメニューを高校生がペロリと食べる。

もう驚きを通り越して、寧《むし》ろ引いてしまうぐらいだ。

あの量を食べたら普通は苦しそうな表情ぐらいするものだが、その気配がまるでない。

イケメンは腹の中までイケメンということか……。

俺は健一とのスペック差に肩を落とし、そのまま席に着いた。

「ま、早速どうだったか教えてくれよ！」

「どうって……まぁ普通だよ。若宮《わかみや》さんと普通に遊んだ、ただそれだけ。一応、楽しかったけどさ」

「ほぉ」となんだか嬉《うれ》しそうに感嘆の声をあげる。

このニヤついた顔が妙に腹が立つ……。

「んで、進展は？」

「……進展？　……ねぇよ、そんなの」

「…………え？」

健一は目を丸くして、口角を引き攣《つ》らせた。

微妙に頰《ほお》がピクピクと動いている。

そして――

「ないのかよぉ〜……」

とガクッと肩を落とし、テーブルの上に項垂《うなだ》れてしまった。

健一の恋愛話好きは今に始まったことではない。

まぁ大方、浮ついた話が聞けなくて残念だったたってことだろう。

どんまい健一。

俺にはその手の話題は舞い込まないぞ。

「ふわぁ……話が以上なら俺は戻るぞ。正直眠いし、控え室で寝ていたい」

「俺を独りにすんなよ〜。寂しいじゃねぇか……」

「寂しさは彼女にでも癒《いや》してもらえ。俺は知らん」

俺の袖を掴む健一。

一瞬、あの時の凛を思い出したが……あくまで今、掴んでいるのは健一で男に掴まれても嫌なだけだ。

それに凛はこんなに力強くはなかったしね。

「……健一、バイトの邪魔しては駄目」

静かめだが、よく通る声。ただ、声には冷たさがある。

当然表情も氷と表現していいぐらい冷たい。だが文句無しの美少女。

まぁ、健一の彼女ではあるが。

「お、琴音《ことね》！　遅かったな～」

「……用事があったから。それと凛も後で来るって」

藤さんが項垂れる健一の頭を優しく撫でる。その姿は健一の髪の色と相まって、ゴールデンとその飼い主に見えてしまう。

……うまく手懐《てなず》けられてそうだから、この喩えはあながち間違いではないかもしれない。

そう思うと思わず苦笑してしまった。

「……常盤木《ときわぎ》君、こんにちは」

「どうも。藤さん、この前はその……色々とありがとな。髪とか、服とか。正直助かったよ」

「おい、翔和。服は俺なんだが……」

「……お安い御用。また何かあったら言って」

「ああ、その時は頼むわ」

「俺を無視しないでくれない？」

健一は、捨てられた仔犬《こいぬ》のような目で俺を見つめてくるが……まぁ無視一択だ。

さっきのだる絡みの細やかな仕返しとしておこう。藤さんは、残っているポテトを小動物のようにぽりぽりと食べる。ちゃっかりと健一の隣に座り、少し寄り掛かるようにしているのが微笑《ほほえ》ましく思えた。

心の底では「リア充爆発しろ！」と思ってはいるが……。

「じゃあ、俺は戻るから……」

「どうせならここで寝とけよ。それに、控え室に戻る時間が勿体無《もったいな》いだろ？」

「……ここだと、幸せオーラに当てられて寝られない。つか、二人を邪魔する程、無粋じゃないしな」

「……凛が来るまで待ってたら？」

「いいよ。若宮さんとはまた話せばいいいし」

「通い妻だもんな」

「はっ、そんなんじゃねぇーよ」

俺は肩を竦《すく》め、二人に背を向ける。

二人の何か言いたげな視線を背中に感じるが、俺は一言「じゃ、また」とだけ言って振り返らずに去った。

去り際に、店に入る凛が見えたが俺はそのまま控え室に戻ったのだった。

◇◇◇

「んーっ……」

俺は更衣室にある椅子に腰掛け、バイトで疲れた身体《からだ》を伸ばす。

今日のバイトは十八時までだった。朝の九時から働いてこの時間なのだから、まぁまぁ働いた方だろう。

この八時間＋一時間休憩という形は、バイトを始めてからわりとこなしていて慣れているつもりだったが、今日は妙に疲れてしまった。

——理由はわかっている。

あのリア充軍団が、俺のバイト中ずっといるからだ。

たまにこっちをチラチラと見てくるし……。なんか盛り上がってる様子だったりと……

うん。正直、働き辛《づら》い。

ちなみにリア神は、いつもの通りドーナツとレモンティーの組み合わせを購入している。今日から始まる新商品ではなく、いつもと同じ物を頼むあたりがリア神っぽい。まぁ、今度は新商品のPRでもしておこうかな。

けど、そんないつも通りのリア神に、一つだけ気になることがあった。

それは、レジでお会計をする時、俺と目を合わせることなく終始伏し目がちだったというところである。

一応……目が少しだけ合ったりもしたが、何故《なぜ》か目を逸《そ》らされてしまった。

何か嫌われるようなことをしたかもしれない。だが、それが何かわからない。

その後、凛が席に戻った時に藤さんにチョップをされていたが余計に謎は深まるばかりだ……。聞き辛かったら健一に聞いてもいいかもしれない。あの様子だと、理由とか知ってそうだし。気が向いたら聞いてみよう……ま、気が向けばだけど。

俺は鞄《かばん》に汚れた制服を押し込む。そして、更衣室を出ようとしたところでタイミングよくブーっとスマホが振動した。

『はりぃ〜』と画面に映るメッセージ。俺はため息をつき、更衣室を後にした。

◇◇◇

「……なんでこうなった」

俺は目の前の状況に頭を抱えていた。

談笑しながらイチャつくカップル。台所には可愛《かわい》らしいエプロンを身につけ、料理をするリア神。

一ＤＫの狭い家に高校生が四人。狭すぎる……。もう少しマシな場所があっただろと思える状況だ。

「琴音、なんか飲み物とって～」

「……はい、お茶。凛が用意してくれたよ」

「お、若宮さんきゅー」

「いえいえ。また何かあったら言ってください」

つか、健一と藤さんは馴染《なじ》み過ぎじゃない？　自分の家のように寛《くつろ》いでいるし……。

「……健一、持ってきた私には何もないの？」

「琴音もさんきゅーな」

「……言い方がついでみたいなんだけど？」

「そんなことねぇーよ。なんだ？　拗《す》ねてんのか？」

「……違う。ただ、文句を言っただけ」

「悪かったって、ほら元気出せよ」

「……ふわぁぁ。…………………撫《な》でたらなんでも帳消しになるわけじゃないんだからね」

「じゃあ、やめるか？」

「……やっ。まだして……欲しい」

「仕方ねぇな」

「「……………………」」

俺はいったい何を見せられてるんだ？

熱を帯びた視線で向かい合う二人。口と口がくっつくまで五秒前といった様子だ。

……このバカップルは俺らがいること忘れてないか？

俺は凛の方を向いて助けを求める。凛は目が合うと苦笑し、首を横に振った。

あー、なるほど。無駄ってことね。じゃあ仕方ない……放っておこう。存分にイチャコラしていてくれ。俺は道端の石と化しているからさ。

俺は、凛に出された課題を完遂するべく参考書を手に取る。

「さて、今日は化学でもやるか……」

「おい！　そろそろ止めろよっ!!」

机をばんっと叩《たた》き、俺の視界に入り込むように健一が身を乗り出してきた。

「俺のことは気にせずに、どうぞ続けてくれ。ただ、全年齢対象の範囲で頼むわ」

「アホか！　つか、人前でそこまでイチャつかねぇーよ」

「どの口が言ってるんだよ……」

「……むぅ」

健一の横に座る藤さんは、お預けを食らった子供のように頬を膨らませている。

そして不服を訴えるような目で健一を見ていた。それに気づいた健一は再び藤さんの頭を優しく撫でる。くすぐったそうに目を細め、藤さんは健一に寄り掛かった。

あー、ラブラブっていいっすね……。

なんだろう。このどす黒い感情……。目の前に壁があったら殴りたいわ。

「それで、なんでこんな狭い部屋に集合してんだ？」

「そりゃあ翔和って、実質独り暮らしみたいなもんだろ。だから、家族に時間的な迷惑が掛からないからいいと思ってさ」

「まぁ、確かにそうだが……。俺への迷惑っていうのはあるからな？」

「大丈夫だ！　翔和の文句は受け付けていない」

「ひでぇな、おい」

俺の人権が無視されていることに嘆息する。

「そういえばさ」

「ん？　どうした翔和？」

「……俺がバイトしてる時、随分と盛り上がってたな」

「なんだぁ～？　話とか気になるのか⁇」

「別に。ただ、よくそんな話すことがあるなぁって」

「ま、恋話《こいばな》とか、高校生には語ることが色々とあるんだよ～。今度、翔和も参加してみようぜ。昔話とかドンとこい！　昔の武勇伝から恋愛話、なんでも聞くぜ～」

「遠慮する。話せるようなことはないしな」

俺はお茶を啜《すす》り、そして空になったコップを持ってキッチンに向かった。

それに気づいたリア神が微笑む。

「ご飯出来ましたよ。常盤木さん、運ぶの手伝ってもらってもいいですか？」

「ああ……。今日も美味《うま》そうだな」

俺は綺麗《きれい》に盛り付けられた料理を見て、自然と言葉が出た。前菜っぽいのが……うん？

これは——

「もしかしてコース料理か？」

「はい。みんなで楽しめるようにちょっと挑戦してみました。……嫌でしたか？」

「寧《むし》ろ逆。まさか、家でこんなのが食べられるとは思ってなかった……」

「それならよかったです。お店と比べると、どうしても見劣りしますけどね」

　苦笑する凛に、俺は言葉を掛ける。

「俺は外食でコース料理なんて食べたことないが、たとえ食べたことがあったとしても凛の料理を選ぶな。正直、よだれが溢《あふ》れてきそうなぐらいだ」

「翔和くん……き、恐縮です」

　これは素直な気持ちだった。どんな高級店より、こういう家で出る料理だからこそ出せる温かさというものがある。食べる前ではあるがそう思ったのだ。

　凛はぺこりと頭を下げる。いつも通りのポーカーフェイスをしているつもりなのだろうが、その頬《ほお》は紅潮していて喜んでるのは明白だった。

　——だがこの時、俺は重要なことを忘れていた。

　そう、今は二人っきりじゃないということを……。

「なぁ、翔和。今、凛って呼ばなかったか？　それに若宮も翔和くんって」

「あ……」「えっと」

　二人して言葉に詰まる。その様子を見て、健一がニヤリと笑った。

　あー、自爆った……。額に嫌な汗が滲《にじ》む。

　やってしまった。ぽろっと失言してしまう政治家並にやってしまった。

　凛が申し訳なさそうに俺を見る。

いや、これは全面的に俺が悪い。ぽろっと口に出してしまったのは俺だ。名前で呼ばれ、それを反射的に返した凛は何も悪くない。

これは、凛と二人で遊園地に遊びに行ったことで名前を呼ぶ自分に違和感を覚えなくなった俺の責任だ。

俺は内心で舌打ちをする。これが慣れることの恐ろしさか……。自分から約束を破ってしまうなんてありえねぇよな。

あー現実逃避したい。しかも恋愛脳の健一のことだから……。

「いやぁ～なんだよ。もう名前を呼び合う仲だったのかよ？　ってことは、まさか付き合ってたのか？　それならそうと早く言ってくれればいいのによ～」

ほら、やっぱり。そういう結論になる……。

「……凛、黙っていたの？」

「えっとですね……」

ジト目で凛を見つめる藤さん。いつもは凛々《りり》しく冷静沈着という言葉が似合う彼女だが、今は珍しく焦りの色が濃く見える。

リア神は、俺に『どうすればいいでしょうか？』と助けを求めるように潤んだ瞳を向けてきた。

――仕方ない。

「二人とも、勘違いしてないか？」

「うん？　勘違い？」「……勘違い？」

「ああ、そうだ。名前で呼んだぐらいで〝付き合った〟になるわけないだろ？　そんなこと言ったら名前で呼ぶようになった奴《やつ》らがみんな付き合っていることになってしまう」

「まぁ、確かにそうかもしれねぇけどさぁ〜」

「それにだな。名前を呼んだぐらいで、その考えに至るなら俺の名前を呼ぶ健一は〝俺と付き合っている〟ってことになるんだが」

「俺と翔和が……？　うげぇ……それはねぇわ」

「……常盤木君が私の恋敵。思いもよらない伏兵……油断していた」

おい。吐く真似《まね》はさすがに失礼だろ……。まぁ確かに想像したら気持ちが悪いのは否定しないが……。

つか、藤さん。それ本気で言ってるわけないよな？

俺を見る視線がさっきより鋭くなったけど、気のせいだよな？

凛の方をチラッと見ると顎に指を当て何かぶつぶつと呟《つぶや》いている。微《かす》かに聞こえたのは「だから興味……」って部分だけだが……。

ま、聞かなくてもいいだろう。つか、嫌な予感がするから聞きたくない。

そんなことを考えていたら、いつの間に近くに寄っていたリア神に肩を叩かれた。そして何故か正座をし、いつになく真剣な面持ちである。まるで浮気を咎《とが》める妻のそれと一緒だ。

「……翔和くん、一つよろしいですか？」

「いいよ。まぁ別に聞かれて困ることはないから、一つや二つなんでも聞いてくれ」

「では、お言葉に甘えて……」

目を閉じ胸に手を当て、深呼吸を繰り返す。それに合わせるように、やや主張しているリア神の胸が上下に揺れていた。

「翔和くんって男の子が……好きなのですか？」

「あー、随分とまぁストレートに聞いてきたな」

「どうなのですか？」「……私も気になる。教えて常盤木君」

藤さんまで何故《なぜ》か俺の前で正座をしている。あんたも気になるんかい！

俺の目の前に座る美少女達の後ろには、憎たらしい笑みを浮かべ、状況を楽しんでいる悪友の姿が……。

後で、覚えてろよ……健一。

俺はため息をつく。

「……違うよ。ってか普通にあり得ないだろ」

「……あり得なくはない。噂《うわさ》もある」

「はぁ？　噂？」

首を傾《かし》げ、相変わらずニヤついた健一を見る。だが、健一もわからないのか同じく首を傾げた。リア神は知っているのだろう、気まずそうな顔をしている。

「藤さん、一応教えてもらっていいか？　その噂って奴を」

「……うん。〝王子と下僕の禁断の恋〟っていう噂……」

「え、何……それ？」

王子と下僕の禁断の恋？　なんの噂だ、それ……。

王子っていうのはイケメンである健一のことで間違いないだろう。

ってことは、まさか……。

「もしかしてだが〝下僕〟って俺のこと？」

「……そう」

「つまりは、BL《ボーイズラブ》の噂があるということか」

後ろで健一が頭を抱え、「マジかよ」と呟いた。

恐らく、噂は面白可笑《おか》しく誰かが適当に流したものだろう。確かに休み時間の度に健一は、話し掛けてくる。俺は他の奴とは全くと言っていいほど話さない。話をしたとしても「プリントを後ろに回して」みたいな業務連絡程度……あ、だからこそ生まれた噂か。

大方、俺が心を開いたということは〝何か特別な関係〟とか、変な妄想をしたんだろう。

正直、同性愛についてはわからんが……。でもフィクションで格差のある者同士が付き合うというのはあるからなぁ。

でも、このネタは健一をひと泡吹かせるのに使えるか……。それなら——

「はぁ……健一。ついにバレちまったな」

「…………はい？」

口を馬鹿みたいにぽかーんと開け、目を丸くする健一。残りの二人も唖然《あぜん》としている。

俺はスッとその場を立ち上がり、健一の正面に移動するとそのまま抱き着いた。イケメンと底辺の気持ち悪い抱擁である。

「すまん！　俺が隠すのが下手だからっ」

そう言って、目元を押さえて洗面所に走り込む。嗚咽《おえつ》を漏らして泣くような演技も加え……。

「……健一。どういうこと？　まさか……本当に」

「いやいやいや!!　マジで違うからっ！　あ～翔和のやつ、俺を嵌《は》めやがったな!?」

「……ハメ？　健一……ちょっとこっちに来なさい」

「ちょっ、待てって！　痛いって！　耳がぁぁあああっ～」

家に響く悲痛な叫び。

ふぅ。一矢報いてやったぞ。健一、生きて帰ったら愚痴ぐらい聞いてやろう。

とりあえずは〝合掌〟。

「翔和くん？」

「り、凛……」

俺の横にいきなり現れた凛に少したじろぐ。

人が二人並ぶにはかなり狭い洗面所。そんな場所だからか、俺と凛は肩が当たってしまう。

「さっきの嘘《うそ》ですか？」

「当たり前だろ」

「では、男の子には興味がありますか？」

「だからねぇよ！」

首を左右に振り、否定する。

それでも疑うようにじーっと見てくるリア神に俺は嘆息した。疑う余地がないだろうに……。

「証拠はありますか？」

「証拠って言われても、証明出来るものがないな。つか、何を以《もっ》て証明すればいいんだ？　あくまで自己申告の世界だろ、こういうのって」

「じゃあ、確かめます」

「なっ⁉」

凛は俺の背後に回り、俺の背中にぴたっとくっつくとそのまま顔を埋《うず》めてきた。

真後ろだから見ることが出来ないが、鏡に凛の頭だけ少し映っている。背中に感じる柔らかい感触と夏の暑さとは別の温かさが相まって、俺の頭を焚《た》きつけたように熱くする。

こんな特殊な状況による動揺と健一たちにバレたらマズイという焦りから動悸《どうき》も激しくなり、これ以上高鳴ったら死んでしまいそうなぐらいだ。

そんな焦りまくる俺とは違い、凛は「ふふっ」と小さく笑った。

「……なんで笑ってるんだよ」

「背中から聞こえる鼓動が凄《すご》く速くて、少し笑っちゃいました」

「ちっ、仕方ねーだろ。抱き着かれれば、嫌でも反応するわ……」

「もし反応しなかったらどうしようと思ってたので、安心しました」

「あんなの真に受けるなよなぁ……。それに確かめるためにここまですることないだろ」

「確かめるためだけじゃないですよ？」

リア神の言っていることがわからず、眉をひそめる。

「じゃあ……なんでだよ」

「私が〝したかったから〟です。他に理由がありますか？」

俺の背中から聞こえる澄んだ声が迷いなく答える。

はぁ、ため息しか出てこない。リア神は自分の行動をわかってるのか？

家の中だからまだいい。他人の目もないから……。

これが人前だったらと思うと……はぁ、凛には自分の影響力とか考えて欲しいものなんだがなぁ。

一応、忠告をしておこう。

「……誰にでもやるなよ？　勘違いする奴がでるからな……」

「わかっていますよ。誰にでもはやりませんし」

「ならいいが……」

「それに翔和くんなら……勘違いしてくれてもいいですからね？」

「するかよ。ってか、いつまでこうしてるんだ？　もう確かめたんだからいいだろ？」

「嫌です」

「えー……」

俺は嘆息し、背後にくっつくリア神を剝《は》がそうとする。

が、剝がれない。より強くひっつくだけである。

この華奢《きゃしゃ》な身体《からだ》のどこに、こんな力があるんだよ。

結局、ゾンビと化した健一が這《は》って呼びに来るまでしばらくこの状態は続いたのだった。

まぁ、名前呼びに関して話を逸《そ》らすことが出来たから良しとしておこう。

◇◇◇

「なぁ、お前らはいつになったら帰るんだ？」

俺はスマホに表示されている時刻を見ながら、談笑し続ける健一たちに声を掛けた。

時刻は夜の二十二時過ぎだというのに全く帰る様子がない。それどころか、新しくポテトチップスの袋を開ける始末である。

どう見てもすぐに帰る雰囲気ではなかった。だから少し不安になり、声を掛けたわけだが……。

「帰らねぇよ？」

健一は『何言ってんの？』と言いたげな様子で俺を見る。

そう言いたいのは寧《むし》ろこっちなわけで、

「いや、帰れよ」

とため息交じりでそう言った。それでも首を傾げる健一に嘆息する。

「もしかして、今日は親父《おやじ》さんが帰ってくるのか？」

「いや、まさか。ないだろ普通に」

「じゃあ問題ねぇな。翔和、先に言っとくと今日は泊まるつもりだから」

「えっ⁉　……まぁいいけどさ」

リア神のお陰で部屋も片付いてるし、来客用の布団はないがタオルケットとかを使えばいいだろう。

床で健一が寝る分には、スペース的に問題ない。多少、寝苦しいかもしれないがそこには目を瞑《つぶ》ってもらおう。

「おっ！　さんきゅ～。今日は朝まで語ろうぜっ！」

「俺には語ることはねぇけどな」

「まぁまぁ～。それに遊べるように色々と持ってきたからさ、後でやろうぜ」

ノリノリでカバンからトランプやら人生ゲームなどを次々と出す。

やけに大きめなカバンだなと思ってたが、そういう理由だったのか……。準備の良さにため息が出てしまうよ。

「……健一、泊まるって聞いてないんだけど」

そんな俺達のやりとりを藤さんが目を細めて見ていた。鋭い視線に気圧《けお》され、身体が妙に強張《こわば》るのを感じる。

「あれ？　言ってなかったか？」

「……言ってない」

「あ～、まじか。すまんすまん！　ま、帰りは家まで送っていくから安心してくれ」

「……安心出来ない。常盤木君と一緒だし……」

俺を睨《にら》むような藤さんの視線。

なんかしたか？　全く身に覚えがない……。

しかも俺がいると安心出来ないってどういうこと？

俺の困り果てた様子を察した凛が、俺の横に座り「少し前の自分の発言を忘れましたか？」と耳打ちをした。

あー、なるほど。

「琴音〜、まだ疑ってるのか？　さっきのは翔和の意趣返しのようなもんだから気にする必要ないって……」

「……疑わしきは極刑」

「厳しすぎるっ!!」

言い合いをする二人をお茶を啜《すす》りながら見守る。これが俗に言う〝痴話喧嘩《げんか》〟という奴《やつ》か。

「翔和くん、何を遠い目をしているのですか？」

「いやぁ〜、世界は平和だなぁって思って」

「えっと、私にはよくわかりませんが……。ですが、ひとまずこの発端は翔和くんの責任ですからね？　ちゃんと収拾させてくださいね」

「喧嘩するほど仲が良いって言うからいいんじゃないか？」

「よくありません」

俺は大きなため息をついて目を伏せる。さて、どうするのが正解か。

一番いいのは健一を泊まらせないことだが……。

いや、無理か。言い出したら聞かない奴だし、しかも遊び道具を持ってくるほどテンションが上がってるわけだしな。

と、なると……。

「藤さん、ここはひとつ提案なんだが」

「……何？」

凍《い》てつくような冷たい声に、額に汗が浮かぶ。

「よかったら泊まるか？　そうすれば健一とも一緒にいられるだろ？」

「……泊まり……うん、いいかも。ちょっと家に連絡してくる」

スマホを持って洗面所に走っていった藤さん。その様子を心配そうな表情で窺《うかが》うリア神。

壁が薄く狭い家だからか、断片的に会話が聞こえてくる。

「……今日、泊まるから」

『…………………』

「……うん。健一と」

『…………………』

「……やったねって、何言ってるのよ」

『…………………』

「……き、き、既成事――って友達もいるんだからっ!!　変なこと言わないで！」

『…………………』

「……うん、もうわかったから。切るね、おやすみ」

藤さんが俺達のいる場所に澄まし顔で戻ってきた。

ほんのり頬《ほお》がピンク色に染まっているのは、気のせいだろうか？

「どうだったぁ～琴音？」

「……許可が出たから泊まる」

「おっ！　じゃあ三人で遊べるな!!」

「あの、ちょっと待ってください」

健一の発言に水を差すように凛がみんなを止める。そして眉間にしわを寄せ、少し険しい表情になった。

俺は首を傾《かし》げ、健一と藤さんは顔を見合わせた。

一瞬だけ、健一の口角が憎たらしく上がったのは気のせいだろうか？

「えっと、三人ということですが私は……？」

「いや、若宮はこの時間だし帰るだろ？　翔和、家まで送ってやれよ」

「わかってるよ、ちゃんと送る」

「……凛、また遊ぼうね」

「そんな……」

効果音で〝がーん〟と聞こえてきそう。そのぐらいがっくしししている。

「琴音ちゃん、男の人の家に泊まるのは良くないと思いますよ？」

「……問題ない。ここには健一とチキンしかいない」

「おいこら、チキンって俺のことか」

何故《なぜ》この場面で俺が貶《おとし》められなきゃいけないんだよ……。

つか、俺は言われるほどチキンじゃ……ない、たぶん。

「問題大アリです‼　年頃の男女が褥《しとね》を共にするなんて、その…………」

モジモジとし、何故か何度も俺を見てくる。

何がどうしたんだ、リア神は？

「うん？　その、なんだ。どうかしたか？」

「破廉恥です！　翔和くん‼」

「え、俺⁉」

「そうです。そもそもどうして了承したのですか⁉」

「いや、それの方が丸く収まると思って。まぁそれにいざ寝るときになったら俺は廊下で寝て、二人だけの世界にしてやろうと思ってたからさ」

凛はわなわなと震えている。真面目な優等生は、外泊を認めたくないのだろうか？

そんな凛を藤さんが「……ちょっと話が」と言って外に連れ出してしまった。

——数分後
顔がトマトのように真っ赤になった凛が戻ってきた。お風呂でのぼせたみたいである。

「大丈夫か？」

「私も…………」

「うん？　私も？　とりあえず今から送るぞ」

「私も泊まりますからねっ！」

そう俺に向かって宣言すると、スマホを持って再び外に出てしまった。

俺の返事を聞く前に脱兎《だっと》のごとくである。俺はため息をつき、時計をぼーっと眺める。

ちなみに凛が家に戻ってきたのは、そこからさらに一時間後のことだった。

◇◇◇

「……子供が一人」

「私は三人。子沢山ですね」

母性に溢《あふ》れた優しい表情で微笑《ほほえ》む美少女二人。

その様子を真剣な目で見守る健一がいた。

……夜のテンションがおかしい。

これが学生のノリというやつなのだろうか？　深夜ということもあり、みんなのテンションが上がっている。

高校生だからお酒は勿論《もちろん》飲んではいないが、まるで酔っ払いのテンションである。

まぁ、主にテンションが高めなのが健一と藤さん。

藤さんに関しては、最初に感じたクールビューティなイメージからはかけ離れている気がするし。

ちなみにリア神は……なんだろう？

テンションが高いのかどうかわからないが、妙に距離が近い。

健一と藤さんが隣同士で寄り添いながら座っているのに触発されたのか「二対二になる方がいいですよね」と俺の横に座ったのだ。

俺の身体に体重を預けるように寄り掛かってきたり……。なんだろう、じゃれつく猫を彷彿《ほうふつ》させるんだが。これからは〝リア猫〟と呼ぶべきなのだろうか？

「翔和くんどうかしましたか？」

「いや、なんでもない」

俺の表情を窺うように見るリア神から目を逸《そ》らす。

背丈の差からよく上目遣いをされることが多いが、リア神のそれは破壊力が異常なのだ。

澄んだ瞳にきめ細やかな肌、柔らかそうな唇……全てが視覚という感覚を刺激し、動悸《どうき》を激しくさせる。

だから、至近距離にいるときはそれがバレる前に顔を逸らさなくてはいけない。

「いやぁ～、だいぶみんな変わってきたなぁ」

「あっそ……」

「ははっ！　拗《す》ねんなって～。たかがゲームなんだからさ」

俺らは健一が持ってきた人生ゲームをやっている。最初はトランプをやろうと思ったが、凛があまりにもルールを知らないので無難なボードゲームとなったわけだ。

そしてゲームの状況は……まぁお察し。

「金が集まったなぁ～。わんさか持ってるから一位確実なんじゃないか？〝石油王〟はつえーぜ！」

「……アイドルも負けてない」

「加藤《かとう》さんほどではないですが、医者も安定した稼ぎです」

「…………………」

そんなみんなの職業を聞きながら、自分の何も置かれていない寂しい場を見る。

はぁ、ため息が出るな。

「翔和は相変わらずフリーターか……。ま、どんまい」

「うるせぇ」

「……借金まみれ」

「くっ」

「でも、毎回ルーレットを回してお金を貰《もら》えるので楽しいですよね！　あの、その、安定はしないですけど……」

「凛、そのフォローは心に刺さるだけだ」

「うぅ、翔和くん可哀想《かわいそう》……」

つか、可哀想とか言っちゃってるじゃねぇか……。

「理不尽過ぎるよな、この人生ゲーム。リアルのパラメーターをこっちに引き継ぐなんて……」

俺は、目の前に広げてある人生ゲームを見て肩を落とした。

……金もない。あるのは多額の借金だけ。こうも見事に外していくと寧《むし》ろ笑えてきた。

「さっ、どんどん進めるとするかっ!!」

健一は意気揚々とルーレットを回し、出た目の分だけ駒を動かす。

そして、そのマスに書かれた文言を俺は読む。

「なになに、健一のマスは『リアルでも妻に浮気がバレた。スマホを開示しなければならない。もし証拠があったらルーレットの目×千万の慰謝料を女性に支払う。尚《なお》、修羅場不可避』って、なんだこれ？」

見てわかると思うが、この人生ゲーム〝デンジャラス仕様〟はおかしい。

一発芸を披露したり、歌を歌わされたり、親への日頃の感謝を電話で伝えたりと何かと指令が書いてあるのだ。

だから結構ハラハラしながら回している。

まぁ、俺はことごとく借金マスしか踏まないからある意味平和だ。

「ははっ！　マジで意味わからんマスだな～」

「ほら、健一。早く楽になれよ」

「別に必要ねぇーだろ！　つか、人聞きが悪いな～。なっ、琴……音？」

「……健一、スマホ出して」

「へ？」

目の据わった藤さんが一瞬にして健一のスマホを奪い取る。

流れるような一連の動作に健一からは間抜けな声が出た。そして、健一のスマホを見ると徐々に顔が紅潮し身体がぷるぷると震えだした。

「……どういうこと？　全部消した筈《はず》の写真がなんで残ってるの？」

スマホの画面に映るのは、ボウリング場で満面の笑みで飛び跳ねる藤さんの写真。

あー、懐かしいな。その写真。

「いやぁ～。それはだな……」

いつもは何事も堂々とした態度で話すのに、頭を掻《か》きながら今はやけに歯切れが悪い。

だが、何かを決心したのか藤さんの手を握り真剣な目で見つめる。

「悪い琴音……あの写真。あまりにも可愛《かわい》くて、俺には消すことが出来なかったんだ!!」

「……で、でも」

「だからあれは俺の家宝とさせて欲しい。なるべく多くの時間を琴音と一緒にいたい。だからあの写真も必要なんだよ」

「……健一」

何、この茶番……？

俺は何を見せられてるんだよ……。それに顔近いけど、まさか俺達の前でキスとかしないよな？

凛はその様子を苦笑しながら見守っている。

「……でも、恥ずかしいのは嫌。はい、消去」

「ちっくしょぉぉぉおお!!」

手を床につき、落ち込むように項垂《うなだ》れる健一。〝ぐすん〟と啜《すす》り泣き悔しがってるように見えるけど……。

表情は見えないが、たぶん意地悪く笑ってるんだろうなぁ。

たしかあの写真って健一の自宅のパソコンに保存されてるとかだったと思うし。

「……健一は放っておいて常盤木君、あなたの番」

「ああ」

「面白いところに止まれよ！」

「復活はやいなぁ……」

やっぱり、落ち込んでなかったな。ってことは、俺達は夫婦漫才見せられただけか？

俺はルーレットを回す。カタカタと鳴るレトロな音が部屋に静かに響き、その様子をかたずをのんで見守る。そして止まったマスは――

「え～っと、翔和が進んだマスは……。あ……『借金一億円で自己破産寸前。一人を指名し、じゃんけんで勝てば、全ての借金を連帯保証人に押し付けることが出来る』だとさ。あーあ、やっちまったな翔和。ま、でも一応救いはあるのか」

「げっ……マジかよ。俺、じゃんけんとか弱いぞ」

やはり運がなかった……。ここまでくると笑いしか出ない。

「……しかも、常盤木君がこんな借金を抱えたら負け確」

「それは大変です……。でしたら、翔和くん任せてください！　私がその借金をどうにかしてあげますからっ」

「……凛、目が怖い」

「これも女性の甲斐性《かいしょう》です。私は〝グー〟を出しますから、指名してください‼」

「……私、なんだか凛の将来が心配になってきたんだけど」

何故《なぜ》か必死になって俺を庇《かば》う凛に嘆息する。

まぁ、深夜帯のテンションが彼女をおかしくさせているのかもしれない。

きっと次の日になったら、『穴があったら入りたい』ってなるんだろうなぁ。

とりあえずこんな状態のリア神と勝負するのは気が引けるし……。

「じゃあ……健一、男の勝負といこうか」

「ほぉ、俺に挑もうってか？　……じゃんけんはかなり強いぜ？」

「窮鼠《きゅうそ》猫を嚙《か》むってな。幸せ絶頂のリア充野郎をどん底に叩《たた》き落としてやるよ……」

「翔和くん……」

「……凛、選ばれなかったからって落ち込まないの。あれは男子の馬鹿なノリで――」

「困難に立ち向かう方って素敵ですね！　頑張れ、翔和くん」

「……本格的に大丈夫、凛？」

「「じゃ～んけん、ぽい‼」」

部屋に響く勝利の雄叫《おたけ》び。負け犬は地べたに這《は》いつくばった。

ゲームでもリアルでも勝てないものは勝てない。

だから誰が勝ったかは、まぁ察してくれ……。

「じゃあ、興奮が冷めやらぬ間に、第二部の〝高校生による高校生のための語り大会〟を始めるぜ～!!」

「おーっ!!」と叫ぶ面々、というより主に二人。深夜のテンションがさらにおかしくしていた。いつもはクールな藤さんまでもが拳を突き上げ叫んでるしね。

俺はため息をつき凛を見る。ちょうど目が合い、お互いが苦笑した。

存外、リア神もこういうノリは苦手なのかもしれない。そう思うと、彼女の存在が少し身近に感じた気がした。

◇◇◇

部屋は、豆電球一つの明かりしかなくかなり薄暗い。暗闇に慣れてきたのだろう、部屋のど真ん中に大の字で寝るリア充の姿が見える。

邪魔でしょうがないが、その脇で眠る藤さんがいるから退《ど》かそうにも退かせない。

だからそのせいで、俺と凛は部屋の端の方で横になるしかなかった。

二人で横になるという状態は、正直なところ不本意で俺の意思ではない。

勿論、健一が悪いというのもあるが……。

まぁ元々俺は朝まで寝ないつもりで、凛に寝場所を提供し廊下か風呂場で座って一夜を明かそうと思っていた。

が、それを頑《かたく》なに拒まれてしまったのだ。

「寝ないのは健康に悪いので駄目です」と半ば押し切られる形で……。

距離が近く、薄着というのもあり相乗効果で熱が直《じか》に伝わってくる。

加えて季節は夏だ。だから暑くてたまらない。

けど、文句を言ってもしょうがない。

狭い家に四人で寝ると決まった時点で、あり得た話だからな。

横にいるリア神から「ふわぁ～」と可愛らしい欠伸《あくび》が聞こえてきた。

「もう寝たらどうだ？」

「いえ、大丈夫です。確かに眠たいですが、せっかくなのでお話ししたいですし」

「そっか」

またも聞こえる可愛らしい欠伸。

そんなに無理しなくてもいいのにと思うが、高校生だったら普通、テンションが上がり『朝まで絶対寝ないから！』とかするのかもしれない。

修学旅行で夜に寝ないのと同じ現象だろう。

ま、俺だったらそんな中でも余裕で寝るけど。……今のような状態でなければね。

「琴音ちゃんも加藤さんも寝ちゃいましたね」

「そうだな。でも、『さぁ！　朝まで語り尽くそうぜ～っ‼』って息巻いていた奴《やつ》が寝るなんてベタ過ぎねぇか？」

健一はあの後、「語るために充電するぜ！」とか言ってそのまま寝てしまったんだよなぁ。

「ふふっ。確かにそうですね」

「なっ……」

「「…………………」」

話題が途切れ、部屋が静寂に包まれる。

「なぁ、凛」「翔和くん……」

お互い沈黙に耐えられなかったのだろう。同時に声を発してしまい、また黙り込む。

「えっと……翔和くんからどうぞ」

「いや、俺は本当にどうでもいいことだったから、そっちから言ってくれ」

「そうですか？　では、お言葉に甘えさせていただいて……」

「よいしょ」と身体を捻《ひね》らせ寝ながら凛が俺の方を向く。

顔と顔の距離が表情の細かい変化に気がついてしまいそうなぐらい近い。

明るかったら、恐らく赤面しているであろう面を見られていたことだろう。

流石《さすが》に目のやり場に困る。暗くてもこんなに近くで見つめ合うことは俺には出来ない。

俺が顔を背けようと動かすが、それを凛の手で止められ半ば強制的に目を合わせられる。

「話す時は目を見て話しましょう」

「近過ぎるだろ……。緊張するわ……」

「これも翔和くんを〝真っ当な人間にする〟の一環です」

「あー、あったね。そういうの……」

「ですので、顔を背けずに会話をしましょう」

「……わかったよ」

俺は少し挙動不審になりながらも、凛の目を見る。

その様子を凛はじーっと見ていた。特に緊張した様子もなく、流石はリア神である。

「よし……。じゃあ話の続きといこうか」

「そうですね。ではまず、翔和くんってなんで鈍感なんですか？」

「知らん！」

反射的に返したせいで声が大きくなり、凛が口元に指を当てシーっとやる。

「すまん……つか、わからねぇよ。さっきのは……」

「そうですか……。では、恋愛ってどう思いますか？」

「漠然とした質問だな」

「答えてみてください」

俺は少しだけ間を取り、ふぅと息をはく。

そして「面倒だ、あんなもん」とだけ答えた。

ここで健一なら「そんなことねぇよ！　素晴らしいことだからなっ!!」とか言いそうだし、リア神もきっと——

「私もそう思ってました」

思いがけない返答に俺は言葉に詰まる。そんな俺とは裏腹に「ふふっ、意外でしたか？」と悪戯《いたずら》に成功した子供のように凛は笑った。

「ああ、リア充たちは恋愛至上主義だと思ってたしな」

「そんなことないですよ？　私もつい最近まで、恋愛というものに興味はありませんでしたし。翔和くんと同じで〝面倒で、こんな生産性のないもの〟になんで一生懸命なんだろうって思ってましたから」

「意外と冷めてたんだな」

「そうですね。私は誰とも付き合ったことないので恋愛を語る資格はないかもしれませんが、それでも言い寄られたことはありましたから……」

一度だけ凛への告白現場を見たことはある。

まさに、秒殺だったが……なるほど、あれ以外にもあったんだな。

「それはその、大変だったな」

「ええ、そうですね。しつこい人もいましたし……でも、今は少しだけ気持ちがわかる部分もあります」

「うん？　さっき〝思ってました〟って言ってたから考えが変わったってことか？」

「はい。〝一人の人に夢中になる〟そんな素晴らしさを私は知りました」

微笑《ほほえ》む彼女が俺の手を握ってきた。

手汗が大丈夫かな？　と変なことばかり気にしようとして、なんとか気を紛らわせようと努めるが……上手《うま》くいかない。

「私は自分にこんな感情があるなんて知りませんでした。苦くて、苦しくて、でもどこか温かく輝いたものがあることを……」

「そっか……。俺はただ苦しいだけだと思うけどな、恋愛なんて」

「確かにそうかもしれませんね。けど、苦しい中でも訪れるかもしれない幸せを想像するのって、中々楽しいですよ？」

「妄想だな」

「そうですね。ですが、妄想で終わるかどうかは誰にもわかりません。妄想が現実に変わるかもしれませんから」

「……そういうこともあるかもな」

いつか追い続ければ報われるかもしれない。それがどこの誰かは、考えたくないが……。

「それに、翔和くんと話して一つわかったことがあります」

「わかったこと？」

「はい。翔和くんには、なんだかわかりますか？」

今のやりとりで何かわかることがあったのだろうか？

自分の発言を思い出し、少しでも頭を整理するように努める。頭を悩ませるが結論は出てこない。「うーん」と唸《うな》るだけだ。

「答えは簡単です」

「うん？」

「それは……翔和くんが思ったほど、鈍感じゃないということです」

その言葉に氷を胸に当てられたようにひやりとする。

けど、あくまで平静に冷静に、

「さっきも言ったが、俺にはよくわかんねぇよ。鈍感なんて言葉は他人の評価でしかないし、自分じゃ判断がつかない」

と淡々と言葉を連ねた。

「さっき翔和くんは言いましたよね？　恋愛のことをただ苦しいものと評しました。それは〝恋愛〟を知らない人には、わからない気持ちです」

「……そう、かもな」

「……話してくれませんか？」

「俺には何もないよ。今も昔も、そしてこれからも……」

濁して言う俺に「そうですか……」と寂しそうに呟《つぶや》いて、これ以上聞いてくることはなかった。

再び沈黙が訪れ、そのまま十分ぐらい経《た》っただろうか、凛が俺の腕に絡みつくように身体を寄せてきた。

「いつか……翔和くん……は……怖がら……ずに……」

だが最後まで言わずに、代わりに寝息を立て寝始めてしまった。

いつも規則正しい生活を送っている凛のことだ、きっと眠さの限界だったのだろう。

そして、寝てくれたことにホッとした俺がいた。

「変なところでガス欠かよ」

俺は苦笑し、足元に置いてあったタオルケットを彼女に掛けた。

『ありがとうございます、翔和くん……』寝言なのか、微《かす》かにそう言った気がした。

でも困ったな……。

離れたくても離れられない。凛は抱き枕のように俺の腕にくっついてくる。

親に甘えながら寝ている子供みたいで、このあどけなさが可愛《かわい》らしく思えた。

ただ、俺の腕に味わったことのない柔らかい感触が伝わってくるせいで、思考が上手く纏《まと》まらないのが非常に困ったことだが……。

「くそ……マジで無防備すぎるだろ」

自然と漏れ出るため息。こんなのをされたら嫌でも意識してしまう。

俺は天を仰ぎ、淡く光る電球を見る。

頼むよ……。変に期待させないでくれ……。

このやり場のない感情の整理に戸惑い、俺は結局寝ることが出来なかった。

第二話　何故か女神さまを預かることになったんだが

The cutest high-school girl is staying in my room.

……まぶたが重い。

……身体も重い。

……そして身体が痛い。

あー、徹夜はしんどい。

『オール大好き』とか言う奴がいるが、こんなことをリア充たちは、よくやっているのかよ……。そう考えるとリア充のバイタリティーの高さには感服してしまう。

俺は大きな欠伸《あくび》をし、時計をチラッと見るともう五時半を回っていた。

日当たりが非常に悪い我が家にも、薄《う》っすらと朝の日差しが入り込む。

夏ということもあり、陽《ひ》が昇るのも早い。

「まだ起きてこねぇーな、みんな……」

周りを見ても起きる気配はない。健一《けんいち》なんてよだれを垂らして大の字、そして初期位置から時計回りに半回転して寝ている。

こんな寝相の悪い健一にぴったりくっつくように藤《ふじ》さんは寝ていた。

いくら健一が動いても、定位置は変わらない。健一が動くなら、藤さんも動くと……本当に息ぴったりである。

本当にお似合いのカップルだなぁ。無意識の阿吽《あうん》の呼吸に思わず苦笑してしまった。

まぁ、そんな二人をぼーっと観察していたお陰で、欲望という誘惑から逃げ切れたと言っても過言ではない。

俺が我慢を強いられる原因となった美少女に視線を落とす。

相変わらず、俺の横で〝すぅーすぅー〟と可愛らしい寝息を立てていた。明るくなったおかげで寝顔がはっきりと見え、その表情は〝天使〟と称しても問題ないようにも思えた。

もし、自分が画家だったら『天使の朝』みたいなタイトルでこの様子を絵に残していたことだろう。

「ふぅ……。しんどいな、色々と……」

少しは愚痴を口にしたい気分だ。我ながら数時間、よく頑張ったと思う。

一時の劣情に身を任せることなく耐え切った……それを素直に褒めたい。

俺はリア神《がみ》に不満を伝えるように軽く頬《ほお》をつつく。触っても「んっ……」と可愛らしい声を出すだけで起きる様子もない。

感触を確かめるように何度もつつく。

以前も触ったことはあったが、すべすべでぷにぷにの極上の頬である。

「商品化出来るな〝リア神のほっぺ〟みたいな感じで」

病み付きになりそう。

しかも、今は誰も起きていない。存分に堪能するチャンスでもある……。

そんな邪《よこしま》な思いを見抜かれたのか、もう一度触ろうとした俺の手首ががしっと掴《つか》まれてしまった。

背筋に冷たいものを感じ、気持ちの悪い汗を感じた。

「翔和《とわ》……くん？」

「よ、よぉ……」

曖昧な返事と笑みしか出来ない。勝手に触れたことへの責めがいつ来るのかと、気が気ではなかった。

だが、

「へへっ～、ドーナツだぁ～」

リア神は掴んでいた俺の手首を自分の口元に寄せると、それに生温かい何かを押し付けたのだ。

「――――っ⁉⁉」

声にならない叫びをあげる。リア神は寝惚《ねぼ》けているのか、目を閉じたまま「えへへ～」

と子供のような声を出した。

俺は慌てて振り払う。簡単に解放されたのはいいが、凛《りん》はお菓子を取られた子供のように「あっ」と小さく声を漏らす。

すると途端に「ぐすん……」と啜《すす》り泣くような声を出し始めてしまった。

目の端には涙が浮かんでいる。

「マジかよ……」

顔が引き攣《つ》り、全身に汗が流れるような不安が襲う。

ここでもし、健一たちが起きてこの状態を見たらどう思うのだろう？

男女で寝ていたという事実。しかも寄り添うように。

……そしてトドメのリア神の涙。

どう考えても〝俺が手を出した〟と思われてしまう。

そう思った時には、既に身体が動いていた。俺は凛の顔に自分の手を近づけ、涙を拭おうとする。

が、残念ながらそれは叶《かな》わず、再び俺の手はリア神に捕まってしまった。

「ドーナツの新作だぁ……」

「手だけどな……」

生贄《いけにえ》にされた俺の手を見てため息をつく。

こんなゴッゴッとしたドーナツなんてないだろ！　と心の中でツッコミを入れる。

この後、甘噛《あまが》みされたり、ヒヤリとしたものがあたったりと気が気じゃなく、そして解放されるまで終始、落ち着かない気持ちだった。

◇◇◇

時間はいつの間にか六時を過ぎていた。だが未《いま》だに起きる気配はない。

俺は横になりぼーっと天井を見る。

「こんな子供っぽい一面もあるんだな……」

凜の普段との違いに戸惑いしかないが、それは悪い意味ではない。

寧《むし》ろ、いい意味である。今までは、遥《はる》か高みにいる雲の上のような存在と思っていた。

なんでも出来て、なんでも持っていて、そして何より大人びている。学校では一切の隙を見せず、淡々としていた印象だ。

でも実際は、感情も豊かに表現することもあるし、寝惚けてたら可愛いし、意外とぬけているところもある。

そんな、普段見ることが出来ない凜を見れて……俺は少し嬉《うれ》しく思えた。

相変わらずスヤスヤと眠る凜の頭を優しく撫《な》でる。綺麗《きれい》なブロンドの髪がサラサラと動く。

「やば……」

無意識に撫でていた手を、ハッとしてすぐに引っ込めた。

はぁ、やってしまった。眠気がある分、いまいち行動が抑制出来ない。

一応、周りを確認する……よかった、起きていないみたいだ。

この様子を見られていたら、なんて言われるかわからないからな。

そんなことを思っていると、寝返りを打った凛が俺の頭を大事そうに抱え込んできた。

突然のことで言葉を失う。

だが眠さもあったからか、何故か抜け出そうとは思えなくなっていた。

「よしよし～、翔和くんはいい子ですよ～。寝てていいですからねぇ～」

さっき自分がやられたことを仕返すように、寝惚けたリア神は俺の頭を優しく撫でてくる。

「子供扱いするな、鬱陶しい」とは何故か思えず、俺は黙って撫でられ続け自然と目を細めた。

「……少しだけ、くすぐったいな」

俺は小さく笑う。

この心地よい感覚のせいだろう、途端に急激な眠気が俺を襲い、だんだんと意識が遠退《とおの》いていくのを感じた。

そして俺はそれに身を委ねるようにして、深い眠りについたのだった。

だから知る由もなかった。寝てる間に面倒ごとが起きていたことなんて……。

◇◇◇

『片付けとか色々とわりぃ。けど、後は色々と頼むな』

『…………』

『気にすんなって。困った時はお互い様だし、協力出来ることがあればするからさ』

『…………』

『ははっ。猪突猛進《ちょとつもうしん》で突き進めよ。攻撃してこない相手に対して守っても意味ねぇーからな。攻め一択、怒涛《どとう》の波状攻撃で押し切れ！』

『…………』

『はぁ？　自信ない？　ったく、何言ってんだか……。自信はつけるもんだろ？　まぁいざとなったら自分の武器でも――痛っ!?　脇腹を抓《つね》るなよっ!?』

『…………』

『へいへい。まぁ頑張れよ』

微睡《まどろ》みの中、微《かす》かに会話が聞こえてくる。聞き覚えのある憎たらしい声だ。

文句の一つでも言ってやろうと身体をよじるが、まだ動かない。

もしかしたら、まだ夢の中では？　と思えるほど意識がいまいちパッとしない。

自分の家にいるはずなのに、どこか違う場所にいる感覚もする。

鼻腔《びこう》をくすぐるのは、嗅いだことのない花のような香り。

優しくて、そして、ホッとする。そんな匂いだ。

その匂いが俺の頭を刺激し、靄《もや》がかかった思考を少しずつクリアにしていく。

薄《う》っすらと開けた視界に飛び込んできたのは、見知らぬ天井というベタな展開はなく、何も変化のない見慣れた我がオンボロアパートの天井だった。

俺は身体を軽く伸ばし、壁にもたれこむように座った。

自分の膝にかけてあるタオルケットを脇に置き、ふぅと小さく息を吐く。

「おはようございます。あ、時間的には〝こんにちは〟ですね」

「どっちでもいいよ。とりあえず、おはよ」

俺は大きな欠伸《あくび》をして、正座をするリア神を見る。

相変わらず綺麗な姿勢…………………あれ？　目を擦《こす》り、もう一度リア神を見る。

「……俺のジャージ？」

普段、リア神は服のセンスも抜群だ。自分に何が似合うのかが客観的にわかっていて、それを見事に着こなしている。清楚《せいそ》な感じが多い。

ま、一回だけショートパンツで綺麗な脚を曝《さら》け出している時があったが……残念ながらあの一回だけである。

「いいな、それ」とポロッと出た言葉がいけなかったのかもしれない。

普通に言われたら気持ち悪いだろうしね。

まぁ、とにかくそんなセンスも神のリア神が俺のジャージを着ているのだ。だから、目の前の光景を疑っても仕方ないことである。けど、何度目を擦ってみても錯覚でもなんでもないんだが……。

「えっとですね……。これには理由がありまして……」

「理由？」

「ですが、その前に。ジャージをお借りして申し訳ございません」

「いや、ジャージぐらい……いいけどさ」

「……後、その、それと」

顔を赤く染め、急に歯切れの悪くなった凛に違和感を覚える。

「それと、なんだ？」

「た、タオルも借りました……」

「あー、シャワーを浴びたのか」

「はい……」

シャワーぐらい家に帰ってからすればいいのに。

さすがに、男の家でシャワーを浴びるのはどうかと思うんだけど。

つか、なんだろう。なんかものすごーく勿体《もったい》ない、遣《や》る瀬《せ》無《な》い気分は……。

いや、ちょっと待て……。俺は慌ててリア神の顔を見る。

すると、更に顔を赤らめて視線を床に落としてしまった。

やばい。なんだこの反応は……。

まさか――

「俺……なんかした？」

凛の顔の赤みが増す。もう、耳まで真っ赤だ。

壁から背中を離し、俺は正座をした。嫌な予感が頭を過《よ》ぎり、俺の中で激しく警告音を鳴らしている。

よし、全力で土下座をしよう。

俺が頭を床に擦りつけようと床に手をつけるが、凛にすぐ止められてしまった。

「い、いえ……翔和くんは何も、悪いのは私ですから」

「……俺、何したの？」

「いいんです……。ただ、これだけは言わせてください」

凛が俺を責めるような目でキッと睨《にら》む。

「結婚していない男女にはまだ早いと思いますっ！」

「俺、本当に何したの⁉⁉」

寝てる時のことはわからない。自分の寝相の悪さを指摘されたこともない。

修学旅行では押入れで寝たりしていたし、そういった機会がなかった。だから、万が一、もしかしたら何かを仕出かしてしまった可能性もある。俺の中の本能が無意識に求めてしまった可能性もある。

はぁ、マジで俺、何やったんだよ。まさか服を替えさせてしまうような、何かを？

考えただけで〝犯罪〟の二文字しか浮かんでこない。

頭を抱えているとスマホが振動し、健一からのメッセージが表示された。

『また泊まらせてくれ、それと……まぁ頑張れ』

この内容……。最早《もはや》、確定的である……。

「翔和くん、いいですか？」

「……はい」

「『お腹《なか》を撫でる』のはいけないと思います。幾ら寝惚けていたからといって何度もは駄目です」

「へ、お腹？」

「はい、お腹ですよ？」

さっきまで襲われていた焦燥感が一気に引いていく。

「よかった……お腹で」

「よくないです!!」

凛は、怒ったように頬《ほお》を膨らませ不服な顔をした。

「まずですね、生物がお腹を見せて撫《な》でさせるという行為は謂《い》わば降参の証《あかし》。服従の証拠なのですよ?」

「ああ、それは知ってるが……。それと今回のにどういう関係が?」

「私、服従なんてしてませんからっ! そ、そんな、アブノーマルな関係は嫌です」

「いや俺、服従させたとか全く思ってないから。そもそも無意識での出来事だしな。だから気にしなくても……」

「翔和くんはそうでも、事実がそうさせるのです。だから、私は納得出来ません」

「じゃあどうすればいいんだよ……」

やや暴走している凛に嘆息する。まぁ、動物の世界だったらわかるが……。

「だから翔和くんのも撫でさせてください。それで五分五分、翔和くんが好きなWIN-WINです」

「えーっと、全くよくわからないけど……。まぁ、そんなんで納得するなら……」

「お願いします」

凛が猫のように俺に一歩ずつ近づいてくる。

俺は服を捲《まく》り、腹が見えるようにした。筋肉質な身体ではなく、そして腹が出ているわけでもない。何も特筆すべき点がなく面白味《おもしろみ》のない腹だ。

こんなんだったら、鍛えておけばよかったなぁ。

頬を紅潮させた凛は、そんな俺の腹を興味深そうに観察している。

こんなんで赤くなられると、こちらまで恥ずかしくなってきてしまう。たかが、腹を触らせるという行為なのに、妙な背徳感と緊張感がこの場にはあった。

「では……お覚悟を」

凛は恐る恐る手を伸ばし、撫でたり、つついたりと何度も俺の腹に触れてくる。

くすぐったいやらなんやらで俺の動悸《どうき》が激しい。

数分間後、凛は満足したのか手を離し何故《なぜ》かぺこりと頭を下げた。

「これで、いいか？」

「はい、大変まんぞ——ではなく、これで対等ですね」

満足と言い掛けたように聞こえたのは気のせいだったのだろうか？

俺は少し頭を捻《ひね》り、思考を巡らせる。

健一か？　これ、仕込んだのは？

だったらリア神の暴走も納得だし。

「まぁ、そうだな。後、これからは健一の変な入れ知恵とか無視しろよ？　余計なことしか言わないからさ、あいつ」

首を傾《かし》げ「心に留《とど》めときますね」と一言だけ返事をし、くすっと小さく笑った。

「それで、なんでジャージなんだ？」

「実はですね……」

「うん」

「家、追い出されてしまいました……」

「え……？」

リア神が追い出された？　それは正当なものか？

いや、リア神に限ってそれはないだろう。

それにどんな正当性があっても、追い出すという行為はしてはいけないことだ。

放棄、放置に他ならないからな……。

俺の頭に沸々と怒りが込み上げてきて、口元が歪《ゆが》む。

「……あの翔和くん、ちょっと顔が怖いですよ？」

「ああ、すまん。ちょっと考えごとをしてた」

「そうでしたか……」

「それで、何があった？」

俺は深呼吸をして、モヤモヤとしたものを落ち着かせる。

そして凛の顔を真っ直《ま》ぐ《す》に見た。


「朝、帰った時にですね……」

「朝？　一度、帰ったのか？」

「はい。翔和くんが寝ている間にお風呂入りたかったので……。その、汗臭いと思われたくなかったですし……」

「そんなの気にしないけどな」

「私が気にしますっ!!」

「お、おう」

リア神の勢いに思わずたじろいでしまった。

でも納得。だからジャージだったし、タオルを……あれ？

「家でお風呂に入らなかったのか？」

「その前に追い出されてしまいましたからね。申し訳ないと思いつつも、翔和くんの家のをお借りしました。それで、着替えなども……」

急に語尾が小さくなり、モジモジとし始め目を伏せてしまった。

嫌な予感を覚えつつも、目がリア神の姿を凝視してしまう。

「ま、まさかと思うが……下着を身につけていな――」

「ちゃ、ちゃんと着けてますよ!! ま、まだそこまでの度胸はないです! そういう最低限の物は出る時に持ってきてますからっ!! ただ、下着が何故か黒の――」

「黒?」

「なんでもありませんっ! これについては黙秘させていただきます!!」

「そ、そうか……」

さっきからリア神に気圧《けお》されっぱなしだな……。

でも、今のリア神はいつもの落ち着いた様子は皆無だし、どこか動揺しているようにも感じる。まぁ、突然追い出されたら当然か……。

「とりあえず服のことは置いておこう。なんでそうなったか原因を教えてくれ」

「そうですね……。脱線してしまい、すいません」

「いや、気にすんな」

俺は手をひらひら動かし、続きを話すように促す。

これ以上、服の話をしていたら聞いてはいけないことまで聞いてしまいそうだしな……。

「実は泊まりの件、お母さんにだけ相談していたんです。それをお父さんが後から知ってしまい……」

「なるほど、それで激怒したってわけか」

確かに子供の外泊を認めないという親もいるだろう。それが女の子だったら尚更《なおさら》だ。

でも、

「これだから親っていうのは、もう少し子供のことを考えて話を聞いてくれても――」

「いえ、怒ってないですよ？　お父さんは」

「うん？」

「寧《むし》ろ怒ってるのはお母さんですし」

俺は首を傾げる。いまいち話の全容がつかめない。

許可を出した母親が怒る？

父親は怒っていない？

「えっと、全く意味がわからないんだが……。もしかして夫婦喧嘩《げんか》に巻き込まれたとか、そんな感じか？」

「いえ、翔和くん。私の両親は決して仲が悪いわけでも、私のことを考えてくれないわけでもありません。寧ろ良好な関係を築いていると言ってもいいでしょう」

「ん？　そうなのか？」

「はい。ですので理不尽に叱責することもないですし、お父さんなんて誰が見てもわかるほどに私を溺愛してますから」

「でも、その父親が『出てけ』って言ったんだろ？　相当怒らせたってことじゃないのか？」

「えーっとですね……」

凛は、気まずそうに視線を逸《そ》らす。そしてぼそっと呟《つぶや》くように話し始めた。

「結論から言いますと『お父さんが娘のことを根掘り葉掘り聞こうとしてお母さんを怒らせた』というわけです」

「……それで、なんで追い出されたんだ？」

「大変言い辛《づら》いのですが、怒られる情けない自分を見せたくなくて、私を追い出したという感じです。前もありましたし……」

「え……何、それ？」

馬鹿みたいに大口を開け、ぽかーんとしてしまう。呆《あき》れて言葉も出ない。

大丈夫か？　と心配したくなってしまう。

「きっと、今頃はお母さんにコテンパンにやられている頃かと」

「母親……怖いな」

「普段は優しいですよ？」

「でもさ、追い出すとか流石《さすが》に可哀想《かわいそう》じゃないか？　行く当てとか準備とか過ごすのに必要な物とか色々とあるだろ」

「それは問題ありません」

凛は昨日、来た時に持っていなかった鞄《かばん》を俺に見せてきた。わりとコンパクトな旅行鞄って感じだ。

「これは？」

「『追い出されセット』です」

「嫌なセット名だな、おい」

「この中には一部着替えと菓子折り、そして必要な物が数点入っています。後は手紙ですね……これは翔和くんに」

「菓子折りって……。はぁ……最早、恒例ってわけね」

俺は嘆息し、凛から手紙が入った封筒を受け取った。

そして、丁寧に封をされた封筒を破り、中の手紙を取り出す。

◇◇◇

常盤木《ときわぎ》君へ
いつも娘をありがとうございます。
この度は、迷惑をかけてごめんなさい。
愚夫の〝教育〟が急遽《きゅうきょ》必要となり、
このような形となってしまいました。
木こりの泉があれば投げ込むところですが……。

生憎《あいにく》、見つからないのでこちらで対処致します。

だから〝教育〟が終わるまで凜の面倒をお願いするわ。

勝手を言って本当にごめんなさいね。

一度、あなたとも話してみたいと思っています。

凜の母より

◇◇◇

これが中身か……。随分とまぁ、達筆で……。

はぁ、この〝教育〟って部分を気にしたら負けなんだろうなぁ。

「たまにこういう時があるので、いつもは琴音《ことね》ちゃんのお家《うち》にほとぼりが冷めるまで泊まったりするのですが……」

「今日は？」

「その、加藤《かとう》さんと二人っきりで過ごすとのことで……、邪魔してはいけないと思い……」

「消去法で俺の家になったと」

「はい……。二日連続でお世話になるのは、大変忍びないのですけど」

健一からのメッセージを思い出す。『まぁ、頑張れ』ってこういう意味だったのか。

「まぁ、俺は別に構わないけど。何日ぐらい？」

「えっと、いつもでしたら長くて一日です。落ち着いたら連絡が来ると思いますし」

「そっか……。とりあえず落ち着くまでいればいいさ」

「ありがとうございます」

「いいよ、お礼なんて。いつも世話になってるのは俺の方だしな」

「不束者《ふつつかもの》ですが、よろしくお願いします」

俺は、丁寧に頭を下げる凛に苦笑するしかなかった。

まぁ一日ぐらいなら別にいいだろう……。

そんなことを思いながら天を仰ぎ、深く息をはいた。

◇◇◇

トントントンと軽快な音を奏でながら、見事な手際で料理を作る凛を俺は魂が抜けたようにぼけーっと眺める。

俺がいつも着ているジャージなのに、まるでモデルが宣伝しているジャージのように見えるのが不思議だ。

これがスペックの違いか……。俺は悲しい現実を目の当たりにし、ため息をつく。

「思ったんだけど、あんまりいつもと変わらないよな」

「なんのことでしょうか？」

「ほら、凛は家に泊まってても泊まっていなくても結局は朝から大体いるし、そんなに生活は変わらないよなぁーって思って」

「ふふっ。確かにそうですね」

凛は嬉《うれ》しそうに小さく笑い、調子良さそうにフライパンを振るう。

寝る時の場所が凛の家から俺の家になっただけ。まぁ、寝る時間を共にするというのは時間以上に疲れるものがあるけどね。

そう、主に精神が……。

「そろそろ、これからの夏休みの予定を決めませんか？」

凛は、なんの脈絡もない提案を可愛《かわい》らしく小首を傾《かし》げ口にした。

そのちょっとした可愛い動きが少し胸をざわつかせる。

いちいち仕草が可愛いんだよな……。これを素でやってるところが怖いわ……。

「まぁいいけど……。でも夏祭りに行くって決めてたよな？」

「そうですが、夏の予定って一つじゃありませんよね？　夏はイベント事の宝庫なんですよ。それにあれは四人の予定ですし」

「え、夏ってそんなにあったっけ？　バイトの稼ぎ時、もしくは惰眠を貪り怠惰な日々を過ごすためにあるんじゃないのかよ……」

「はぁ、やっぱり。翔和くんのことだから、そんなことを考えていると思ってましたよ……。でも、私がいる限りはそんな日々はありませんからね？」

「マジ……かよ」

俺は机に額をくっつけて項垂《うなだ》れる。

そういえば、リア神と関わるようになってからの生活って……。

毎日のモーニングコールによる早起き。

凛による朝昼晩の三食。

そして勉強……。

あれ、もう俺の理想とする自堕落な生活からほど遠い気がする。

寧ろ、健康的じゃないか？　つか、恵まれ過ぎじゃね。

……後でお礼言わなきゃな。

「それで、どこ行きましょうか？」

「家でご——」

「家でゴロゴロとかはなしです」

「ははは、まさか〜。そんなこと言わねぇーよ……」

料理の手を止め、俺をジト目で見るリア神に咳払《せきばら》いをする。

なんでこんなにも思考を読まれるんだよ……。

さすがはリア神。思考を読むのもお手のものか……。

「どこか行くのもいいけど、俺そろそろバイトに入るぞ？　貧乏人だから稼がないといけないしな」

「もちろん、存じておりますよ？　行くのはバイトがない日で大丈夫ですし、行く場所もあまりお金がかからないようにしたいと思っています」

「あまりお金がかからないって例えば？」

「その……海とか」

「海かぁ～……」

「露骨に嫌そうですね……」

海はリア充の溜《た》まり場。そこはイケイケな輩《やから》が集まり、日夜ハントに勤《いそ》しむ乱れた土地である。

だから、俺が行きたくないところぶっち切り一位の場所なんだよなぁ。

「そうだな、なるべく海以外がいいかな……」

「そうですか……」

残念そうに肩を落とす凛を見て胸が苦しくなる。

凛は少し考える素振りを見せた後、「仕方ないですね、海は諦めましょう」と言って強引に連れて行こうとはしなかった。

「まぁ、行く場所はまた今度決めよう。夏休みはまだまだ長いんだからさ」

「……わかりました。ただ、私の方で候補を決めて予定を立ててみていいですか？　あくまで候補ですけど」

「う～ん」

凛が予定を立てる？　俺の中のアラートが鳴りっぱなしだ。

デスマーチって言われるぐらいのスケジュールになるのではという予感もする……。

「駄目ですか？」

「でもな……」

「駄目……なのですか？」

俺の服の裾を摑《つか》み、そして俺にトドメを刺すように目に涙を浮かべる。

さらに上目遣いで俺に縋《すが》っているようにも見える。

こんな、こんな表情で見られたら――

「駄目じゃ……ない……です」

「ありがとうございますっ！」

花が咲いたような満面の笑み。つい見惚《みと》れてしまうほどの笑みだが、あまりの変わりように俺は苦笑いするしかなかった。

「演技かよ……。女子の涙はマジで狡《ずる》いからな」

「立派な戦略です」

「はぁ……」

「ふふっ」と小さく笑い舌をちょこっとだけ出す。

その憎めないあざとさに肩を竦《すく》めた。

「では、話に決着がついたことですし、ご飯にしましょうか」

「納得しない部分もあるが……仕方ない。妥協することにするよ。凛には勝てそうにないしな……」

「まぁまぁ、特製テリーヌでも食べて元気出して下さい」

「そうするよ」

俺は凛の作った特製テリーヌ（ホタテと野菜）を小さく箸で切り、それを口に運ぶ。

やばい。いつものことだが、美味《うま》すぎるっ！

どうしてこんなの作れるの？　と思ってしまうほどの凝った料理を口に運び、舌鼓を打った。毎日こんなレベルの高い料理を食べていたら、外食が出来なくなるかもしれない。

普通に旨《うま》いだけなら、毎日食べていても飽きることだろう。

だが、そんな飽きを感じることはまずない。

何故《なぜ》なら、高級感溢《あふ》れるものから素朴な味付けまでリア神にはお手の物だからだ。

『これが食べたいなぁ』と思ったタイミングで考えた料理が出てくる。俺が凛に『これが食べたい！』と主張したことなんてほぼないのにだ。

すげぇよ、本当に。

「……ふぅ」

「あの、お口に合いませんでしたか？」

「いや、その逆。合いすぎてて言葉にならなかっただけ」

「それはよかったです」

リア神は澄ましたように言うが、どこか嬉しそうに少し口元が緩んでいる。

けど、毎日のように食事をとるが、今日は何故か横並びだ。向かい合えばもう少し広いのだが、リア神は俺の横に座ってくるので狭くて仕方がない。

「なぁ、狭くない？」

「私は気になりませんよ」

「肘も当たるし……」

「あ、また口の端に付いてますよ？」

「すまん……って、そうじゃなくてだな」

「確かに……」

「わかってもらえて――」

「まだ、食後のお口直しをご用意していませんでしたね。すぐにお持ちしますから」

一瞬、気がついてもらえたと思ったのだが、凛の斜め上な返答に肩をガクッと落とした。

あまり会話のキャッチボールが出来ていない。普段は察しがよく、超能力ではと思えるリア神だが……。こういう場面になると何故か話が通じなくなる。

これがよく漫画でいう難聴系ってやつなのか？　まぁ、よくわからないけど。

凛は、俺の前に手作りのデザートを並べる。

「食後によかったらどうぞ。足りなかったら言ってくださいね、私のをあげますから」

「いや、自分の分で十分だよ。ってか凛、いつもありがとな。料理も含めて色々と……」

「いえいえ、これはただのお節介ですから」

「そっか」

相変わらずの凛の切り返しに思わず苦笑する。

自分の行動を恩着せがましく押し付けることはしない。

『ただのお節介』と彼女はいつもそう言うだけだ。それが嬉しくもあり、同時に申し訳なくもある。

「ま、俺に何か出来ることがあったら言ってくれ。出来る限りのことはするからさ」

「ふふっ。ありがとうございます。その時は、頼らせていただきますね」

「ああ、任せとけ。けど、期待はするなよ？　俺は、微力で非力だからな」

けど、俺に出来ることなんてたかが知れている。出来ることがあるとすれば、それは身体を張ることやお金を掛けることではない。強いて言うなら、気休め程度の言葉を掛けることぐらいだ。

あ……でも、バイトのドーナツは提供出来るかな。

「では早速、頼んでもいいですか？」

「急だな……。まぁ言い出しっぺは俺だから別にいいけど」

「では一つだけ……」

何故《なぜ》か何度か深呼吸を行う。何か言い辛《づら》いことなのだろうか？

「翔和くん。その、学校でも名前で呼んでくれませんか？」

「学校で……？」

「出来れば、学校に限らずどんな時でも希望ですが……。秘密もバレてしまいましたし、良い機会だと思いましたので」

「うーん……」

俺は眉間にしわを寄せ、考える。確かに健一にも藤さんにもバレてしまった。

けど、まだ隠し通せる範囲にはいると思う。

だからわざわざ俺が凛を名前で呼んで、周囲に知らしめる必要はない。

「一応言っておきますと、翔和くんが呼んでくれなくても私は名前で呼びますからね？

変に隠すのもおかしいと思いますし」

「え、マジで……」

俺の顔が引き攣《つ》る。

凛が学校で名前呼び……？

基本、〝○○さん〟って呼ぶ奴《やつ》が俺をくん呼びだぞ……。めっちゃ血を見ることになりそうなのは気のせいだろうか……。

でも――

「わかった。俺もそうするよ……」

「本当ですかっ⁉　嬉《うれ》しいです！」

子供のようにきゃっきゃとはしゃぐリア神を見て微笑《ほほえ》む。

結局、名前で呼ぶことを受け入れた。

凛の頼みだからというのもあるが、凛が隠さないって時点で俺の抵抗も無意味だろう。

これは仕方ない。もう、どうにでもなれーって感じだ。

「翔和くんが素直に聞いてくれて嬉しいです」

「俺だって素直な時はある。つか、隠せないから諦めただけだ」

「ふふっ。そうでしたか。あ、でも隠す必要があることもありますね」

「うん？」

隠すようなこと……？

やばい……ありすぎてわからない。

凛のご飯に、モーニングコール、バイト先にいること、毎日のように家にいること……などなどだ。

「一番隠さなきゃいけないとしたら……一緒に寝たことでしょうか？」

「おい、誤解を招くようなことを言うな。確かに横で寝たが、その言い方だと〝手を出した〟ように聞こえるだろ」

「そ、そうですね………はぅぅ」

弱々しい声を出すと、凛の顔が途端に耳まで紅潮する。

頭から湯気が出てしまいそうなぐらいにだ。

しかも何その反応⁉　さっき『腹を触った』のがどうのって話だったよね⁉

そんな反応されると嫌な予感しかしないんだが……。

「えーっと……凛。その大丈夫か……？」

「は、はい。問題ないです！　今日は大丈夫です。もう決して慌てたりはしません……から」

「そ、そうか……って、うん？　〝今日は〟ってまだ二人で泊まるって決まったわけじゃないだろ？」

凛の反応は色々と気になるが……。今は一旦置いておこう。

えっと、確かリア神の家でよく起きる現象は長くて一日とか言ってた気が……。

「今日はお世話になってもいいですか？」

凛はそう言うと自分のスマホを俺に見せてきた。

そこには『今日は終わりそうにない……。だが、私は屈しない!! 男は壁が高ければ高いほど燃えるものなのだ！』と強敵に挑む主人公のようなメッセージが来ていた。

俺はそれを見て嘆息する。

「何が起きてるんだよ若宮《わかみや》家は……」

「気にしないで大丈夫ですよ。ごく普通の夫婦の戯れですから」

「これが普通ならこの世は終わりだな……」

凛の父親は大丈夫なのだろうか。ご冥福をお祈りします……。

こうして今日、リア神が俺の家に泊まることが決定してしまった。

◇◇◇

「これが噂《うわさ》に聞くテレビゲームという奴ですね」

俺の部屋を掃除していた凛が、押入れの奥に眠っていたゲーム機を片手に呟《つぶや》いた。

じっくりと観察するようにゲーム機を眺めている。

そのゲーム機はひと世代前のゲーム機で、俺が小学生ぐらいの時に発売された物だ。昔のカートリッジタイプが遊べたり、ＣＤタイプも遊べたりとハイブリッドなやつである。

まぁ機能をつけすぎたせいで、故障やトラブルが絶えず〝残念なハード〟と揶揄《やゆ》された悲しい代物に成れ果ててはいるが……。

でも、懐かしい。けど、これを見ると懐かしい気持ちと喪失感が同時に押し寄せなんとも言えない気分になる。

「凛はゲームとかやるの？」

「いえ、やったことはないです。私からしたら無縁の存在でしたから」

「ふーん、そっか」

俺はごろっと横になり、寝ながら凛の様子を観察する。

開閉ボタンを押して急に開いたゲーム機にビクッとなっていた。そして恐る恐る他のボタンも押して、何もないと「ふぅ」と小さく息をはき、ホッとしている様子だ。

……何、あの可愛《かわい》い生き物。

次に何を思いついたのか、ゲーム機が入っていた段ボールを漁《あさ》り始める。

そこから、ゲームソフトを何本か見つけ出すと付属している説明書をウキウキしながら読み始めた。

うん？　……これって。

「もしかして、やってみたいのか？」

「わかりますか……？」

「そりゃあ、それだけ目を輝かせていたらな」

「うぅ……実は興味があります」

図星を指されて恥ずかしかったのか、少し照れるような声を出すとそのまま素直に認めた。

「じゃあ、やるか。起動するかわからないけど」

「はい！　是非!!」

凛は満面の笑みを浮かべ俺に微笑み掛ける。

俺がゲーム機を準備する様子を見て今か今かと楽しみに待っていた。

こういう時折見せる無邪気な一面が彼女の魅力の一つなのかもしれない。普段の大人っぽくて上品な感じとは全く違う、だからこそそのギャップが可愛く見えるのだろう。

でもまさか、こんなにやりたがるとは……。

俺はゲーム機を起動させた。ゲーム会社のロゴが流れ、最初の開始画面で待機する。

ふぅ。なんとか無事についたようだ。三回に一回はつかないからね、これ。

「つきましたよ翔和くん！　ここからどうするのですか!?」

凛はさっきよりも興奮した様子で俺の肩に手を置き、身を乗り出すようにテレビの画面を見る。

近いし、いい匂いがするし……おまけに柔らかいし……。と頭がクラクラする思いだ。

俺はあくまで平静を装い「まぁ、落ち着けよ」と口にする。

実際に落ち着かないといけないのは自分だが……。

「どういうのをやってみたい？」

「翔和くんのお勧めでいいですよ！」

「お勧めって言っても、ソフトは糞《くそ》ゲーしかないからなぁ～」

「えっと、何ですかその〝くそげー〟というのは？」

「ああ、そうだな……」

俺は凛の前にソフトを並べていく。

これは当時、糞ゲーと呼ばれる部類にあったゲームたちだ。

「こいつら〝糞ゲー〟はゲーム内に様々な欠陥を抱えていたり、あるいはゲーム性が酷《ひど》かったりと……まぁ、端的に言えばそんな感じだ」

「そういう意味でしたか。では、ここに並んでいるソフト全てが翔和くんの言う〝くそげー〟なのですか？」

「ま、そんな感じ」

凛は首を傾《かし》げ、ゲームソフトを観察する。

そして——

「もしかしてですが……〝くそげー〟と知った後に購入したのではありませんか？」

「お、よくわかったな！」

「ソフトに〝たかし〟って書いてありますし、借りたまま翔和くんが返さないとも思えませんから」

そう、このソフトたちは全て中古で揃《そろ》えた物だ。

まぁ、随分前のことだけど。それにしても、凛は鋭いな……。

ドンピシャじゃないか。

「一時期、糞ゲーにはまっていた時があってさ。その時に購入したんだよ」

「〝くそげー〟と言われているのに面白いのですか？」

「ああ面白いよ。この不完全さに理不尽さ、そしてアンバランスな感じが見てて愉快になる。なんか社会の縮図みたいだろ？」

「えっと……翔和くん。大丈夫ですか？」

相変わらず俺の肩に手を置いた凛が、俺の顔を横から覗《のぞ》き込む。

おっと、心配させてしまったようだ。病んでると思われたのかもしれない……。

「大丈夫だって。まぁ今は、はまってないからさ」

「そうですか？　でも、そういう時期があったってことですよね……？」

「そりゃあ、まぁ……。でも昔のことだよ……。ほら！　あるだろ、その時のマイブーム的なの！　それが糞ゲーだったってだけだよ」

俺は身振り手振りで元気の良さをアピールする。

けど、凛はそんな俺の様子を視線を逸《そ》らすことなくじっと見ていた。

そして一言、

「今は私がいますからね」

と言い微笑《ほほえ》みかけてきた。心の奥までも見透かされたような一言に言葉が詰まる。

そんな俺の頭を凛は優しく撫《な》でた。

「子供扱いすんなよ……」

こんな不貞腐《ふてくさ》れたような態度しか取れない自分に腹が立つ。

素直に「ありがとう」と言えばいいのに。けど、そう言ってしまうことが出来なかった。

照れ臭いというのもあるが、側《そば》にいるということを認めることが出来なかった。

だって人はいつかは離れるものだから……。

それを口に出したわけでもない。

けど凛の目は、あたかも「あなたのことはわかってますから」と言いたげに優しく俺を見つめていた。

「……んじゃ、せっかくだからやるか。このレースゲーム……」

「はい！」

俺はソフトに息を吹きかけ、それを差し込み起動させる。

「ちなみにこのレースゲーム。何かにぶつかったら爆発して、即終了だから。しかも、コース一周に五分はかかるし、邪魔してくる障害物も多い」

「ゲーム初心者にはキツくないでしょうか？　初心者コースとかないですか？」

「今の説明が初心者コースのやつ」

「中々に難しいことだけはわかりました」

俺と凛は画面を見ながらプレイする。

クラッシュする度に「きゃっ⁉」と小さく悲鳴をあげる凛が可愛かったのは言うまでもない。

それにしても……車が曲がる方に身体《からだ》が曲がったり、コントローラーと一緒に身体が動いたりと……。ゲーム、下手だなぁ。

俺はため息をつきながらも、温かい何かを感じそれを噛《か》みしめるように楽しんだ。

◇◇◇

「翔和くん酷いですっ！」

凛は目に涙を浮かべ、コントローラーを強く握りしめていた。

そして悲しそうに目の前の光景を見ている。

テレビ画面に映るのは、煙をあげてぴくぴくと動く数秒前まで元気だったキャラクター（ぴんくちゃん）である。

「ここまで頑張ったのに……」

「悪かったよ。でも急には止まれないんだ」

「ぐすん……。ごめんなさい、ぴんくちゃん……」

俺達がやっているのは、友情崩壊ゲーと名高い育成ゲーム。

キャッチコピーは『何が起きても恨まない。あなたにそれが出来るか？』である。

その時点で怪しいが、基本ソロプレイだった俺にはどうしてこれが友情崩壊ゲーかわからなかった。ただアイテムを集めて強化し、そして戦わせる普通のゲームだった。

このゲームの神髄は複数人で遊ぶとバグるというところである。

例をいくつか挙げるのであれば、
ＣＰＵの強さはバグで自動的に最強設定される。

取ったらバグで即死してしまうアイテム、しかもそれがプレイヤーを狙ったように突然足元にポップしてくる。

さらには、プレイヤーの耐久は紙。

謎のワープで衝突事故……などなどである。

と、まぁこんな風に大変理不尽なゲームなわけで、ソロ以外だとバグの嵐だ。

複数人で行う対戦ゲームなのにこれは致命的だろう。

手塩にかけて育てた愛くるしいキャラクターが死ぬのは辛《つら》いよなぁ。しかも死に方が妙にリアル……。

俺はゲーム機の電源を落とし、リア神の方に顔を向ける。

うん、ハンカチを片手に涙を拭うリア神が見てて居《い》た堪《たま》れない。

「だからこのゲームはやめようって言ったんだけどなぁ……」

「うぅ、好奇心を抑えられませんでした……」

「まぁこういうゲームの仕様だから、落ち込む必要はねぇよ」

「そうですね……。でも私、死んでしまったぴんくちゃんのためにも強く生きます」

「お、おぅ。まぁ、頑張れよ」

「はい！」

胸に手をやり意気込むリア神。こんなゲームで感情移入するとは……。

これが鬱ゲーとかだったらマジで凹《へこ》みそうだよな。凛にゲームをやらせる時は慎重に選ぶことにしよう。

テレビに向かって手を合わせる凛に俺はため息をついた。

◇◇◇

ゲームを終えた俺達は、食材を買いに行くために外に出ていた。

他にも買いたい物があるらしいが、全て凛に任せるのも悪いので俺は荷物持ち兼付き添いである。

凛の格好はさっきと変わらず俺のジャージ姿なわけだが……。

私服の俺よりなんか似合っていた。いや、似合うというより違和感がないと言った方がいいかもしれない。まぁ、この滲《にじ》み出るスペックの差は仕方ないことだ。

「雨が降ってきましたね」

「まぁ、急に暗くなったから通り雨じゃないか？」

「そうだといいのですが……」

俺と凛は閉まっている店の軒下で、急に暗くなった空を見上げる。

ぼけーっと見上げる俺と違って凛は不安そうに空を見て、そわそわしていた。

ポツポツと降っていた雨が急に勢いを変え、まるで滝のように降り注いできた。早めに雨宿りをしていなければびしょ濡《ぬ》れになっていたことだろう。

暗雲立ち込める空を真っ二つに裂くように、一筋の光が走る。それに少し遅れるような形で、ゴロゴロと低い轟音《ごうおん》が鳴り響いた。

その音に驚いた俺達は「うわぁ⁉」「にゃ⁉」と悲鳴をあげた……うん？

俺は悲鳴に違和感を覚え、横目で凛を見ると凛は手で顔を隠していた。

「今の猫みたいな悲鳴は……？」

「き、聞かなかったことにしていただけると……」

相変わらず顔を隠すリア神だが、隠せていない耳は真っ赤である。

そんな凛だが、何かに怯《おび》えるように小刻みに震えていた。

「もしかして凛――」

もう一度鳴り響く雷の音。

凛は身体をびくっと震わせると俺の胸に飛び込んできて、そのまま背中に手を回してきた。

――一瞬の出来事で思考が停止する。

何度もくっつかれたことはあったが、こんな正面からぎゅっとされたことはなかった。

凛の体温が近く感じ、心臓がはち切れんばかりに高鳴っている。

動揺する俺は、冷静に。あくまで冷静に見えるように凛へ声を掛ける。

「……えっーと、凛。もしかしなくても……雷、苦手？」

「はい……」

凛が俺の胸に顔を埋《うず》めているせいで表情が見えない。

だけど、弱々しい声で苦手であることを認めた。華奢《きゃしゃ》な身体がいつもより小さく、そして細く感じる。

「……子供の頃、雷で停電した時に……。その……エレベーターに閉じ込められたことがありまして。それから、雷がどうしても苦手なのです……」

「そうだったのか……」

凛はビクビクと震えながら、しぼり出すように声を発する。

小さい頃のトラウマって克服するのが大変だ。下手したら一生、尾を引いてしまうかもしれない。だから震えて、こんなにも怯えていたのか。

「でも、不思議です……」

「うん？」

「翔和くんにくっついて胸の音を聞いていると、不思議と落ち着いてきます……」

「そうか……」

俺は胸で泣く凛を見ないようにしながら、凛の頭を優しくポンポンと叩《たた》く。

ひっつかれて緊張し、気が気ではない。本当だったら『付き合ってもいないのにこんなのはマズイ。駄目だ！』と引き離さなければいけないと思う。

けど……。弱っている女の子を突き放すなんて出来ないよなぁ……。

こういった場面で、彼女に何をしてあげたらいいかわからない。

気の利いたことも、気障《きざ》な台詞《せりふ》も、甘い言葉を囁《ささや》くことも出来ない。

そんなこと出来る程、人生経験はない。

そんな俺に出来ることがあるとすれば、精々泣く子供をあやすようにしてあげることだけだ。

寧《むし》ろ、それしか思いつかない。だから——

「気が済むまで好きにしてくれ……」

とぶっきら棒に、そして無愛想に言うことしか出来ない。

胸元で「ふふっ」と凛が笑う。様子が気になり、ちらっと凛を見ると目が合った。

男心をくすぐるように妖艶な笑みを浮かべている。

「じゃあ気が済まないので、ずっとこのままでいますね」

「勘弁してくれよ……」

俺は苦笑し、厚い雲が広がる空を見上げる。空の彼方《かなた》には光が射《さ》し込んでいるのが微《かす》かに確認出来た。おそらく、もう少しで雨も止《や》むことだろう。

結局雨が止むまで短い時間ではあったが、この体勢のままだった。

第三話 何故か女神さまの身内がやってきたんだが

──人は一時的な感情による行動を後悔することがある。

例えば、お酒の席で話したことがこれに当たるだろう。

普段、寡黙な人もお酒を飲むと饒舌《じょうぜつ》になり、色々な話をしてしまうことがある。秘密のこと、自分の価値観、恋愛話などなどの所謂《いわゆる》〝語る〟というやつだ。そして「まぁ酒の席だから」と話した内容を後々後悔してしまうのだ。

『なんであんなことまで話したんだろう』

『なんで酒の勢いで悪口を言ってしまったんだろう』

『なんで酒の勢いで告白なんてしてしまったんだろう』

まぁ例を挙げればこんな感じである。けど、言葉による後悔はまだマシだと言えるだろう。

何故なら、誤魔化《ごまか》しがきくこともあるし、言った言わないの〝水掛け論〟に持ち込むことも出来るからだ。

それでも言い訳が厳しいのには違いないが……。だが、最も尾を引く結果になるのは、物理的に接触する行動で間違いない。

そう、今回みたいに…………。

「いい加減、普通にして欲しいんだが……」

「わ、わ、私は、至極普通ですよ！　何を言っているのですか翔和《とわ》くんは!!」

俺の横で明らかに動揺して右往左往するリア神《がみ》に対して、自然とため息が漏れ出た。

激しい雨が終わり、雷が鳴らなくなった後、正気に戻ったリア神はずっとこの調子である。

『誰ですかあなた？』と言いたくなるぐらい、普段のような落ち着きは皆無の状態だ。

まぁ俺もさっきのことは、心臓が喉から飛び出しそうなぐらい動揺と緊張をしていたが……。慌てふためく凛《りん》を見ていたら逆に落ち着いてしまった。

あの時は、トラウマから逃げる緊急避難のような場面だから仕方ないと思うんだけどなぁ。

だから恥ずかしがらずにいてくれると有り難い……。つか、俺も思い出すと顔が熱くなるから……。いやだって、学校一の美少女に抱きつかれたんだ。意識するなという方が無理がある。

香水や洗剤の匂いとは違う、本能的に惹《ひ》きつけられる匂いが頭からまだ離れない。

身体は細いのに柔らかいし…………。

くそっ！　やめだやめ……さっきのことは思い出すな!!

煩悩退散、煩悩退散……。

「と、翔和くん、目を閉じてどうかしましたか？」

「……悟りを開くからちょっと黙って」

「え、えー……」

横で凛がなんとも言えない表情で俺を見ている気がするが……今は気にしないでおこう。

そんなことより、この邪《よこしま》な感情を追い出す方を優先しなければならないからね。

「はぁ……私が気にしても仕方ないですね。何事もプラスに捉えましょう」

「うん？　落ち着いたのか？」

「はい、お陰様で。さっきはお見苦しいところをお見せしまして……」

「あーいいよ。誰にでも苦手なことはあるし」

「そうですね」

微妙な空気が流れたからか、何故かリア神と目が合う。

ほぼ同時に目が合ったことが妙におかしくて、顔を見合わせて笑った。

「とりあえず食材を買いましょうか。そろそろ特売の時間ですし」

「そうしよっか。ちなみにどのくらい買うつもり？」

「作り置きもしたいので一週間分でしょうか。それに――」

凛がジャージのポケットから綺麗《きれい》に折り畳んだチラシを取り出し、それを広げた。

「今日は大特価日なので、頑張らないとですね！　安くて良い品質の物を見事に見つけてみせますからっ」

「お～、なんだか気合入ってんな。頑張ってくれ」

「他人事《ひとごと》のように言っていますが、翔和くんも私とは別にレジに並んでいただきますよ？それに、大勢いる主婦の皆さんを出し抜いて限定二百個のタイムセール品を手に入れないといけないですし」

「えっ……マジ？」

「はい、マジですよ」

あんな殺気立っている中に飛び込んで確保とか辛《つら》すぎる。主婦の人ってこういう時、特に怖いしね……。はぁ、ため息しか出てこないよ。

「チーズがあんなに安くなる時って中々ないので、なんとか確保したいところです。欲を言えば二つですが、私と翔和くんのどちらかがゲット出来ればいいですね」

「そんな値段を気にしなくても……」

「予算内で考えて、良い料理を提供するためには妥協はしません。それに、翔和くんは放っておくとすぐ不健康な生活になりそうですし……」

「まぁ、確かに」

凛がいなければバイトの賄い生活、もしくはカップ麵《めん》生活をしていた可能性が高い。今でこそ健康的だが、以前は顔色が良くなかったらしいしな。

「やっぱり、凛って〝おかん〟だよな」

「……それは、聞き捨てなりませんね」

「いや、どう考えてもそうだろ。健康には気を遣うし、節約もするし……。最早《もはや》〝おかん〟を超越したおかん……〝パーフェクトおかん〟と言ってもいいんじゃないか？」

「うーん。それだとなんだか、おばさんと思われている気がするのですが……。もう少し別の褒め方はないのですか？」

「そうだなぁ……。逆に凛がこう呼ばれたいとかある？」

「奥さんと言って欲しいです。もしくは嫁とか……でも家内って言い方もいいですね。うーん、悩ましいところです」

「あれ……？　話変わってきてね？」

変わった流れに首を傾《かし》げる。対して凛はよくわかっていないようだ。

「さっき私があげた候補で呼んでみましょう」

「未婚者には無理な喩えだからなぁ～」

「そしたら〝おかん〟って喩えも変だと思いますよ？　まぁまぁ、物は試しなのでとりあえずは呼んでみて下さい。どの呼び方をしてみますか⁉」

悪戯《いたずら》を仕掛けた子供のように無邪気な笑みを浮かべるリア神に俺は苦笑する。

そして、スマホで時間を確認した。

「あ、もう時間だな。ほら、急ぐぞ」

「ちょ、ちょっと翔和くん！　逃げないでください！」

「急がないとなくなるかもしれないいんだろ？　早く早く」

「もうっ！」

俺はむすっとする凛に対して手招きをする。

頬《ほお》を膨らませながら俺の横で不平不満を口にする凛を流しながら、買い物の戦場へと入っていった。

——二十分後
戦果は……チーズの確保は一つだけ。俺は全く役に立たなかった。

「……やっぱ世の中は理不尽だ」

俺は天を仰ぎ、神様に小言を言うように呟《つぶや》く。戦争とも言えるタイムセールを終え、俺と凛は帰路についていた。

凛は上機嫌で何か口ずさみながら歩いている。ジャージには汚れなどは付いておらず、さっきの激闘をまるで感じさせない風貌だ。

対して俺は疲労困憊《ひろうこんぱい》……いや、ボロ雑巾のように色々と乱れていた。全く活躍していないのにね……。精々、俺が出来たことと言えば主婦の中に突っ込み弾《はじ》き出されただけという……まぁ、誇張して言うのであれば〝主婦の気を削《そ》ぐことに尽力した〟ってことぐらいだ。

リア神はというと弾かれるということが一切無かった。それどころか、近づくとモーゼが訪れたように道が開き、凛の通り道が出来てしまったのだ。

そして口々に主婦の皆さんが――

『凛ちゃん今日も偉いね～』

『いつも大変だねぇ。しっかりしてて偉いわ！』

『介護頑張るんだよ～』

と声を掛けられていた。

ちょっと介護というのはよくわからないけど……お爺《じい》さんとかのことかな？

なんでこんな状況になっているのかというと、凛が言うには「このスーパーによく来るので名前を覚えられました」ってことらしい。よく話し掛けてくるおばさんの中には、色々とくれる人もいて非常に助かっているんだとか。

たまに出てくる鯛《たい》を使った料理とかは、貰《もら》い物だったのだろう。

うん、リア神の交流関係の広さには脱帽である。

ちなみに俺には到底あり得ないことだ。寧《むし》ろスーパーでは、怪訝《けげん》な目で見られていたしね……。

「凛は、よくあんな殺伐とした雰囲気の中に入っていけるよな……。俺なんて秒で弾き飛ばされたぞ」

「ふふっ。これぱっかりは年季が違いますからね」

「年季って、もしかして子供の頃から通ってるとか？　確かに知り合いとかもいたみたいだし、そういうこと？」

「いいえ、そんなに前でもないですよ。私がここに通うようになったのは、翔和くんに料理を振る舞うようになってからですから」

「えっ……。じゃあ、数ヶ月の間にあんな親しそうに話すようになったってこと……？」

「そうですけど？　でも、さっきの方とはつい先日ですね」

「先日……だと」

俺は肩を落とし愕然《がくぜん》とした。

有り得ねぇ。これがリア神のコミュ力……。知り合いを作るなんて造作もないということかよ。

凛は自分の凄《すご》さを理解していないのか、小首を傾げきょとんとしていた。

その様子を見て俺はため息をつく。

「そういえば翔和くん、一つお借りしたいものがあるのですけど……」

「うん……？　俺に貸せるようなものは何もないぞ」

「なんか、不貞腐《ふてくさ》れてませんか？」

「そんなことない。ただ、遣る瀬《やせな》無い現実に目を背けたくなっているだけだ」

「不貞腐れてるじゃないですか……」

凛が俺の肩をポンポンと叩《たた》き、優しい眼差《まなざ》しを向けてくる。そして一言「元気出してください」と言い俺の頬をつついてきた。

俺は気恥ずかしくなり「元気だよ」と素っ気なく答えた。

「はぁ……。んで、借りたいものは？」

「洗濯機です」

「別にいいけど、いつも使ってない？」

情けない話だが、凛には家事を全てやってもらっている。たまに手伝おうとしても「そんなことより、勉強してください」と断られてしまうぐらいだ。

だから洗濯機なんて今更な気が……。

「えっとですね、私の服も洗濯したいと思いまして……」

「あー、そういうことか。いつも任せて悪いけど、好きに使っていいよ」

「助かります」

「でも、俺の服と一緒に洗濯したくなかったら別々に洗っていいからな」

「気にしませんよ。ただ……」

凛は、少し頬を赤らめて下を向く。

「洗濯物を干す時に見ないようにしてもらってもいいですか？」

「見るつもりはないけど……なんで？」

「その、あの……下着が……」

「大丈夫。下着になんて興味ないから安心してくれ」

「……興味ないのですか？」

「ああ勿論《もちろん》。全くといっていいほど興味ない。下着でこれっぽっちも欲情することなんてないし、見たくもないし、触りたくもない。だから安心して干してくれて大丈夫だ」

身振り手振りを加え、俺は出来る限り動揺を見せないように答える。

正直、下着に興味あるか……いやそりゃあ、あるよ。これでも普通の男だし、当たり前の感性だ。でも、そんなことを言って凛にいらん不安を与えたくない。

だからこその俺の完璧な演技だ。

並んで歩く凛を横目で見る。

凛はぷるぷると震え、頬を膨らませていた。

「……凛？　その、どうした？」

「本当に私の下着に興味ないのですか……？」

「全く興味ない」

「もう知りませんっ!!」

そっぽを向いてしまい、一歩俺の先を歩くように速度を上げて歩き出してしまった。

どう見ても不機嫌な様子だが……。

俺の返答の何がいけなかったのだろう？　マジでわからん……。

結局、この後、話し掛けても口を利いてもらえず、険悪なムードは家の近くまで続いた。

◇◇◇

会話のないまま歩いていると、いつの間にか家の近くまで来ていた。

自宅のボロアパート前に佇《たたず》む人影に気がつき俺は足を止める。

「うん？　俺の家の前に……誰だ？」

このアパートに訪ねてくる人なんてほぼいない。なのに……俺の家の前に人が立っていて、しかも家の中の様子を窺《うかが》っていた。

まさか泥棒か？　と不安が過《よ》ぎるが、明らかに金がない家に来るわけもない。

俺は凛の方をチラリと見ると、凛はやれやれといった様子で額に手を当てていた。

その人影が俺達の存在に気がついたのか、こちらを向き嬉《うれ》しそうにぴょんぴょんと跳ね、走り寄ってくる。

「凛ちゃ～ん！　来ちゃったよぉ～」

ようやくはっきりと見えた人は、この場に似つかわしくない煌《きら》びやかな女性だった。

満面の笑みを浮かべた美人がこちらに手を振りながら向かってきている。

凛と同じブロンドの髪に、ややハーフっぽい見た目。そしてなんといっても抜群のプロポーション。パリコレのような細さとグラビアのような人の目を惹《ひ》く身体《からだ》を合わせ持っている美人だ。

走る時に揺れる豊満な胸は、彼女の妖艶さをより際立たせている。その男を虜《とりこ》にしてしまうような見た目に、俺は思わず息をのんだ。

まぁ、以上の類似点から凛の親族で間違いないだろう。

見た目的に『お姉さん』だろうか？

と推察をしていると走ってきたお姉さんが――

「凛ちゃ～ん！　どこに行ってたのよ～」

「ぐほっ⁉」

凛に抱きつくわけではなく、あろうことか俺に抱きついてきた。

胸に顔を埋《うず》めるように抱きすくめられ身動きが思うようにとれずに苦しい……。

ってか、もがき逃げようにも意外と力が強い！

俺は、〝ギブアップ〟の意思を示すためにお姉さんの腕をトントンとタップする。

「く、苦しい……です。お姉さん……。マジ、死ぬ……」

「何やっているのですか!? 放してください！ 翔和くんが苦しんでますからっ!!」

凛が俺を天国《胸》から引き剥《は》がし、不満を訴えるようにお姉さんを睨《にら》みつけた。

それから助け出された俺の腕に凛がしがみ付き、まるで子供が「私のものに手を出さないで！」と言っているようである。

その光景が妙に微笑《ほほえ》ましく、思わず苦笑した。

「あらあら～、ごめんなさいねぇ。凛ちゃんと間違えちゃったわ～」

「そんな言い訳は駄目です！ 私には通用しませんからっ。そもそも、どこに間違えるところがあったのですか!?」

「同じホモ・サピエンスでしょ～？」

「性別が違います！ ……はぁ、もう本当に変なことしないでください。私が恥ずかしいので……」

「そぉ？ でも、男の子ってみーんなこういうこと好きでしょー？」

「ち、ちょっと!?」

お姉さんは俺を引っ張り、また胸に収めようと——

「させませんからっ！　それに翔和くんはもっと抵抗してください！」

「え……俺も悪い感じ？」

「そうですよ。その……流されて、女性の肌に触れるなんて……は、破廉恥です！」

「いや、抗《あらが》おうにも難しくてな……物理的に」

凛もそうだが、この二人は力が強い。腕力があるようには全く見えないが……。

まぁでも、少なくとも俺よりは強いと思う……大変情けない話ではあるが……。

「あらあら～。男の子だったらもう少し力をつけなきゃ駄目よぉ」

「……そうですね。考えときます」

「ふふふ、そうしてちょうだい。たくましく鍛えることが出来たらぁ～ご褒美をあげちゃう」

「ご、ご褒美……？」

自分の唇に人差し指を当て、妖艶な笑みを浮かべる。

ご褒美の部分が妙に艶っぽく聞こえ、ドキッとしてしまう。

「いてっ⁉　……凛、なんで抓《つね》るんだ？」

「自分の胸に聞いてみてください」

ふんと鼻を鳴らしそっぽを向いてしまった。

その様子をお姉さんは「あらあら〜」と言いながら、温かい目で見ている。

「えーっと、一つ聞いてもいいですか？」

「なぁ〜に？　年齢以外だったらいいわよぉ」

「その、聞きそびれましたが……凛さんのお姉さんですよね？」

「そうよぉ〜」

「嘘《うそ》言わないでください」

「え〜、凛ちゃん酷《ひど》い〜！　助けて〜」

冷たい目でお姉さんを睨む凛。

お姉さんに向けられた視線なのに背筋が冷たく感じるのは気のせいだろうか？

お姉さんは視線から逃げるように俺の後ろに回り込み、そして身体を預けるような形で寄り掛かってきた。

この男心をピンポイントでくすぐるような動きに顔が熱くなる。

正直、手玉に取られている感が否めないが……。この独特な間にのんびりとした口調、ほんわかとした感じ……。

でも、何故《なぜ》か逆らえない。そんな雰囲気がお姉さんにはある。

俺が対応に困っているのを見兼ねた凛がため息をつく。そして――

「そこら辺にして、いい歳《とし》して男の子をからかうのはやめてください、お母さん……」

「え……？」

耳を疑うような言葉が聞こえた気がしたので、俺は自分の頬《ほお》を抓る。

痛い……。ってことは……。

「そうなのです。大変言いにくいのですが、この方は……私のお母さんです」

「はぁ～い。凛ちゃんのママで～す！」

「マジかよ……」

俺は驚きのあまり手に持っていたスマホを落とす。

凛の母親は鞄《かばん》から扇子を取り出すと、自慢気に〝ドッキリ大成功〟と書かれた面を俺に見せつけてきた。もしかして、このために作ってきたのだろうか？

つか、こんな美人の母親っているのかよ……。あり得ない現実に直面したせいか、ため息しか出ない。

「じゃあそろそろ～、家に入れてくれるかしら？　色々と渡す物があるのよぉ」

「いいですけど……。ボロアパートで居心地が悪いかもしれないですよ？」

「別に構わないわぁ～。二人の愛の巣に入れてちょうだい」

「な、な、何を言ってるのですか⁉」

母親の軽いジョークに過剰反応をするリア神。母親が来てから、いつもの落ち着いた雰囲気は微塵《みじん》もなく終始翻弄されっぱなしである。

でもこんな凛は見たことがないので、妙に惹かれてしまう。

けど、慌てる凛は可哀想《かわいそう》だから助け船を出そう。

「俺達はそんなんじゃないですから。変な勘繰りと勘違いでからかうのはやめてください。凛が可哀想ですよ……」

「……なるほど。そっかぁ～。ごめんねぇ」

「いや、別に。わかっていただけたなら……」

頭をぽりぽりと掻《か》きすぐに謝ってきた母親に、少し言葉が詰まる。

一瞬、視線から射抜くような鋭さを感じたが……気のせいだろうか？

「凛ちゃんも大変ねぇ。でもぉ～さっきのは勉強になったでしょ？」

「勉強？　なんのことでしょうか……？」

「だ～か～らぁ～――」

凛に耳打ちをする母親。絵になる二人の内緒話が気になる……。

一体何を話してるんだろう？

とりあえず言えることは、凛が耳も顔も真っ赤に染めて「心の準備が……」と呟《つぶや》いていることから、きっと凛にとって碌《ろく》でもないことだろう。

俺は合掌し、『どんまい』と心の中で言った。

◇◇◇

家の中がいつもの雰囲気と違い妙な緊張感で包まれている。

食卓を囲むようにして座る俺達だが、ニコニコとしている凛の母親に対して凛は表情が硬く、なんだかそわそわしていた。

おんぼろな家に華がある二人がいると、この家がもしかしたらドラマの撮影現場なのでは？　と錯覚してしまう。二人の眩《まぶ》しさに、俺という存在が今にも掻き消されてしまいそうだ。この何とも言えない、重たい空気を破るように凛の母親が口を開いた。

「じゃ～あ、さっそくだけどぉ。簡単に自己紹介をしようかしら～」

気が抜けるようなゆったりとした喋《しゃべ》り方に苦笑する。

誰からやるんだろう？　と思っていると俺にウインクをしてきた。

あー、俺からってことね。

「俺は常盤木《ときわぎ》翔和です。その、凛さんにはいつもお世話になっています、色々と……」

「常盤木くんねぇ。話は聞いているわよ～。うーん、そーねぇ～……」

俺を値踏みするように観察している。

いちいち距離が近く、漂ってくるいい香りが俺を誘惑しているようだ。

「この目つきに雰囲気……思った通り〝ポン太くん〟にそっくりだわ～」

「ポン太くん……ってなんですか？」

「みんな大好き〝やさぐれ不貞腐《ふてくさ》れタヌキのポン太くん〟よぉ～」

「随分とネーミングに悪意があるタヌキですね……。俺、聞いたこともないんですけど」

「そんなことないわよ～？　愛らしいところもあってぇ、マイナーだけど人気あるんだからぁ。凛ちゃんも好きなのよぉ」

「それは昔の話です」

「嘘はいけないわぁ～。今でもたまに見てるじゃな～い。録画してるのママ知ってるわよぉ？」

「え……？　そんな、あれは隠して……はっ⁉」

凛の母親は、にんまり人の悪い笑顔を浮かべた。

その反応を見た凛は、両手で頭を抱えて『しまった』という表情で悔しそうに唇を噛《か》んだ。

今度調べてみようかな、そのキャラクター……。

「ふふふ、凛ちゃんは本当に素直で可愛《かわい》いわねぇ～」

「忘れてください。お願いですから……。その、翔和くんも……」

「すまん、ばっちり脳に刻まれたよ。これは中々忘れられそうにないわ」

を見た。

不意をついたような可愛い仕草に少し見惚《みと》れてしまうが、咳払《せきばら》いをしてすぐに母親の方

そしてその状態から顔だけ俺の方を向き「……翔和くんは意地悪です」と呟いた。

凛は愕然《がくぜん》とし、机に突っ伏す形で項垂《うなだ》れた。

「翔和くん⁉」

「えっと、それでおばさ——」

「おばさんって呼んだら軽く抓《つね》っちゃうわよぉ～？」

全身から汗が噴き出すような寒気が身体を貫く。体感温度も一気に下がったようだ。

「私のことはリサお姉さん、もしくはお義母《かあ》さんと呼びなさいなぁ」

「……リサさんでお願いします」

動物的本能が〝この人には逆らってはいけない〟と訴えかけている。

これが蛇に睨《にら》まれた蛙《かえる》……、いやライオンを前にしたウサギの心境といったところか。

「それでいいわよぉ。私はポンちゃんって呼ぶわねぇ～」

「はい……、もう好きにしてください……。それで今日はどのような用事で？」

「色々とねぇ～。持って来たのよぉ。凛ちゃんが困ると思ってねぇ」

「……ありがとうございます」

「まずは～……、じゃじゃ～ん！　〝凛ちゃんの幼稚園時代の写真〟よぉ」

リサさんが写真を俺の前に置く。凛は目を見開き慌ててその写真を奪おうとするが、リサさんの手が凛の頭をがっしりと摑《つか》み拘束した。

「放してください～」と凛がバタバタしている。

俺は置かれた写真を見る。写真には、幼稚園の制服に身を包んだ凛と思われる子供とその両脇にいる男女が写っていた。

〝卒園式〟って書いてあるから六歳ぐらいの写真だろう。

今と全く見た目が変わらないリサさんが写っていることから、この横にいる男性が父親なのかもしれない。眉間にしわを寄せ、ちょっと怖い印象である。

でも、写真からは家族の仲の良さが伝わってくる。これが本来の家族の姿なのだろう。見ていると温かく、そして微笑《ほほえ》ましい気持ちになる。けど、同時に寂しくもあった……。

写真の中央にいる凛を改めて見る。

うん。控え目に言って〝天使〟……。

そうとしか思えない美少女がカメラに向かってピースをしていた。

「これは……やばいな」

と無意識に声が漏れ出る。俺はすぐにハッとなり、お茶を口に含んで誤魔化《ごまか》した。

だが、リサさんは聞き逃していませんと言いたげな笑みを浮かべ俺を見た。

「でしょ～。この頃の凛ちゃんはお人形さんみたいで可愛いのよぉ」

「と、翔和くん！　もう見ては駄目ですっ‼」

「もう～、大人しくしなさい。減るもんじゃないでしょ～」

「メンタルがごりごりと減らされてますからっ！」

俺は凛をチラッと見る。さっきと違い、完璧にリサさんに押さえられていた。

いや……正直、目のやり場に困る。

美少女と美人の絡みには目を見張るものがあるのは間違いないが……。

俺はその光景を直視出来ず、天を仰いだ。

「やぁ～ん、凛ちゃんのけち～！　堅物～！」

「そんな甘えた声出しても無駄です。これは没収しますから……こんな写真まで持ってくるなんて、お母さんは何を考えているのですか、はぁ……」

酷く疲れた様子で凛は肩を落とす。

二人の戦いは、凛の勝利となった。そのせいで幼稚園の写真一枚しか、お目にかかることが出来ていない。

見たい気持ちが強いが、嫌がっている相手から無理矢理《むりやり》というのは気が引けるので……まぁ、これで良かったのだろう。

「凛ちゃんのお風呂サービスカットを見せてあげればいいのに～」

凛がリサさんから没収した写真は、幼稚園から中学生までの数枚の写真。リサさんがお勧めする写真を持ってきてくれたらしい。

でも、それが水着やお風呂ってどうなのよ……？

非常に興味はあるが、俺に見られてしまったら凛が不憫《ふびん》である。

「そんなの見せられません。ですよね、翔和くん？」

「うん？」

「翔和くんは、そんな写真を見せられたら困りますよね？」

なんで俺にふるんだよ。対岸の火事状態でいさせてくれ……。

ここは……、

「見たくないから安心してくれ」

と動揺することなく答える。我ながら演技がうまくなったかもしれない。

ここでもし「見たい」なんて言ったら、リサさんはまた暴走することだろう。

だからこの対応がベストな筈《はず》…………なんだが。

凛がジト目で俺を見ている。頬を若干膨らませ、不服そうだ。

この表情から察するに、この回答は不正解だったということか？

なら――

「すまん嘘《うそ》だ。実はかなり興味があるし、めっちゃ見たいと思っている」

前言撤回。俺は多少、学習する男だ。きっと、こう答えるのが正解だろう。

「だ、駄目ですよ!!」

「じゃあ、どう答えればいいんだよ……」

「あらあら〜、悩ましいお年頃なのねぇ」

「あの、そこまで見せるのは……未来まで考えてもらわないと……難しいです」

ぼそっと呟いた凛は、恥ずかしそうに目を伏せる。

これだから、女心はわからないんだよ。はぁ……。今度、健一《けんいち》にご教示願おうかな……。

「お母さんは何の荷物を持ってきたのですか？　〝追い出されセット〟にほとんど揃《そろ》ってると思いますが……」

「足りなくなるから持ってきたのよ〜」

そう言ってリサさんは、大きめの旅行鞄《かばん》を俺達の前に置く。

海外旅行するような大荷物に俺は首を傾《かし》げた。

「だいぶ、でかいですね……」

「たっぷり入れてるからねぇ。服とか〜、化粧品とか〜……」

確かにずっと俺のジャージを貸しているわけにはいかなかったから……正直、助かるな。

あのジャージを使われ続けると、いざ自分が身につける時に、変に意識をしそう……。

「その他には下着も入ってるわよぉ〜。凛ちゃんにあげた勝負の、あの黒――」

「わっ！　わっ！　だ、駄目です!!　それ以上は言ってては駄目ですっ!!!」

凛は、慌ててリサさんの口を塞ぐ。そして涙目で俺の方を睨んできた。

俺はわざとらしく欠伸《あくび》をして、目を擦《こす》る。さも何も聞いてなかったように装った。

その様子を見た凛はわかりやすいぐらいほっとしている。

うん、これが正解。聞かなかったことにしてあげた方がいいよな……。

「あらあら〜、凛ちゃんったら慌てちゃってぇ」

「誰のせいですか誰の！」

頰《ほお》を膨らませて不満の言葉を口にする。

小動物が威嚇をするように〝ふぅーっ‼〟と怒っているのが可愛らしい。

ちなみに迫力は皆無。只々《ただただ》、可愛いだけである。

「リサさん。それで、この荷物を持ってきた理由はなんですか？　脱線しないで教えてください」

「ごめんなさいねぇ〜」

リサさんは場を仕切り直すように、おっほんと可愛く咳払いをする。

この人も一々仕草が可愛いが……本当に何歳だろう？

そんな考えが頭を過《よ》ぎった途端、一瞬寒気がし身体をぶるっと震わせた。

満面の笑みでこちらを見るリサさんが怖い……。

これがリア充特有のエスパーというやつなのだろうか？

「えっ～とぉ、パパを久しぶりに教育したら～。ちょっとテンションが上がっちゃってぇ、旅行に行きたくなっちゃったのよぉ。久しぶりの夫婦水入らずねぇ」

妙に艶っぽく、そして嬉《うれ》しそうに話すリサさん。

その教育が何かは……知りません。つか知りたくもない。

「そうですね、別にいいじゃないん………って凛さんをどうするつもりですか？」

「凛ちゃんはお留守番よぉ～。でもそれで、一つ困っちゃってぇ……」

「家で一人……ですか？」

「そうそう～、凛ちゃん一人を家に残すのは不安なのよぉ。こーんな可愛い子を家に置いとくなんて怖いでしょ～？」

「確かに、世の中物騒ですしね。娘を家に残すのはどうかと……」

リサさんは、俺の言葉に同意するように〝うんうん〟と頷《うなず》く。

凛はというと、特に気にした様子もなく行く末を見届けようとしている。そんな様子だ。

「それで、ポンちゃんにお願いしたいのよぉ。一週間ぐらい凛ちゃんをお願い出来ないかしらぁ？」

「今更なんで、それはいいですけど。でも、男の家に可愛い子供を預けるのは……」

凛は「可愛い……えへへ～」と何故《なぜ》か身体をくねらせているが、今は放っておこう。

「そんな自分を卑下する必要ないわよ～？　私がこの目で見て判断したんだからぁ」

「いや、そもそも。子供を置いて旅行ってどうなんですか？」

「勿論《もちろん》、凛ちゃんの考えを聞かずに行くつもりはないわよぉ〜。それは当然だわぁ」

「……そうですか。よかったです」

リサさんの発言にそっと胸を撫《な》で下《お》ろした。

……これで何も考えない親だったら、苦言を呈していたことだろう。

「それでぇ、ポンちゃんが言ってたけど凛ちゃんはどうする〜？　ついてくるなら勿論いいわよぉ」

「私は残ります。一週間も空けたら、空腹で翔和くん死んじゃうかもしれませんし……、また不規則な生活になるかもしれませんから」

「いや、俺そこまで駄目じゃないぞ？」

「過去の自分を省みてください」

「……すまん」

反論は出来なかった。過去の自分があまりにも駄目すぎる……。

凛の作り置きがなければ、秒でカップ麵《めん》に手を伸ばすもんな、俺。

「お母さん、私は残りますので二人で楽しんで来てください」

「ふふふ、じゃあお言葉に甘えちゃうわねぇ」

凛にウインクをするリサさん。

それに魅了されたように、凛は顔を紅潮させ下を向いてしまった。

「翔和くんには迷惑掛けるからぁ。これをあげちゃうわ～」

リサさんは、俺の手に一通の封筒を載せにこりと微笑む。

俺は、その封筒を開け中身を確認すると一枚の紙が入っていた。

その紙に書かれている文面を見て、眉がピクッと動き顔をしかめた。

「……プール」

「そー〝プールの無料券〟よぉ。良かったら行って来なさいな～。そのチケットで五名まで行けるからぁ。お友達を誘ってもいいわよ～」

有難迷惑な代物だ。俺をプールに行かせるなんて公開処刑もいいところである。ここまでいらない貰《もら》い物《もの》は初めてだよ。

「あらあら～、あまり嬉しそうじゃなさそうねぇ」

「えっと、まぁ正直……」

「そうなの～。凛ちゃんはちなみにどうかなぁ？　行きたくな～い？」

「私は正直、行ってみたい……です」

「いや、凛。ちょっと待て！　プールはやばい……」

リア神とプール？

完璧美少女とプールだと？

どう考えても、注目されるじゃないか……。隣にいる俺にヘイトが集まって『あいつが彼氏？　有り得なくない？』とか『つり合わねぇ』って言われるのは問題ない。

それなら、言われることが目に見えているから大丈夫。

一番嫌な可能性は、凛に注目が集まりナンパ男共が寄ってくることだ。いくら声を掛けられるのに慣れているだろう凛でも、嫌な思いをするだろう。

凛は事の重大さがわかっていないのか、俺の表情を窺《うかが》うように見ている。

「夏休みの予定としては適していると感じます。それに一応、翔和くんが前に言っていた通り海以外ですよ？」

「海もプールも似たようなものだろ」

「海水と淡水は違います」

「水着で泳ぐという点では一緒だ」

「砂はありません」

「いやいや、そういう問題じゃないだろ！」

凛の目からはいつもの「引きませんから」という強い意志を感じる。

このモードになった凛は経験上、引くことはない。俺は内心で舌打ちをした。

そして、助けを求めるようにリサさんを見る。

「じゃあポンちゃんが連れて行ってあげなさいな〜」

「けど、プールは流石《さすが》に……。リサさんもなんとか言ってあげてください。猛獣《ナンパ男》たちが潜むから危ないって」

「う～ん。大丈夫じゃないかしらぁ」

「そんな、楽観的すぎる……」

「普段から凛ちゃんにお世話になってるんでしょ？　それなら、恩返しも必要よぉ～？」

「う……、確かにそうですけど」

それを言われるとぐうの音も出ない。確かに世話になりすぎているし、以前渡したプレゼントぐらいじゃこの恩は返し切れないほど膨れている。

頭を抱える俺に追い打ちを掛けるように、リサさんは言葉を重ねていく。

「それにねぇ、もしナンパ男が現れたら～。ポンちゃんが男を見せればいいのよぉ～。女の子は守ってあげなきゃ駄目ねぇ」

「……はぁ、わかりましたよ」

俺は肩を竦《すく》め、盛大にため息をつく。気は全く進まないが、逃げ道を塞がれてはやるしかない。自信はないけど最低限、凛が楽しめるようにしよう。

……一応、健一に声を掛けるか。あいつがいればナンパ避《よ》けにはなるし。

「じゃあ話はまとまったわねぇ～。色々と必要になるでしょうからぁ、買い物に必要なお金は置いて行くわねぇ。それで、好きなの買いなさいなぁ～」

「……随分とまぁ、準備と気前がいいですね」

「ふふふ、備えあれば憂いなしよ〜。それに私は娘のために協力は惜しまない性質《たち》なのよねぇ」

「何のことですか？」

「さぁ〜？」

おっとりとした魅力的な表情で微笑《ほほえ》みかけてきたリサさんに俺は嘆息する。

……本当に摑《つか》み所がない人だな。

それにしても、上手《うま》く手玉に取られた感が否めないのは何故だろう？

まぁ、考えても結論は出ないが……。

こうして俺の夏休みの予定に〝凛と過ごす一週間〟と〝凛とプール〟の二つが追加された。

第四話　何故かリア充達とプールに行くんだが

The cutest high-school girl is staying in my room.

「いらっしゃいませ～！」

俺はいつもの営業スマイルで客の応対をする。きっと客には、にこやかな笑顔に見えているだろうが……今の俺は眠さと戦うのに必死だ。

その原因となる人物は、いつもの席でリスのような小さな口でドーナツを満足そうに食べている。

『こっちの気も知らないで』と愚痴の一つも言いたくなるが、幸せそうにドーナツを食べている凛《りん》を見てると自然と顔が綻び、怒気が抜けていく。

まぁ文句を言っても仕方ない。普段の恩を返せるとプラスに考えて、今の状況を甘んじて受け入れよう。けど、勘弁して欲しいことが二つある。

──一つは、お風呂の時間だ。

『翔和《とわ》くん、お風呂を沸かしたので先に入って下さい。私は後からでいいので』

『いや、俺は後でいいよ』

『それは出来ません。私は居候の身ですし、先に入るとお湯を汚すことに繋《つな》がります。それに、私はお風呂が長い方なので……』

『じゃあなおの事、先に入ってくれよ。俺、シャワー派だから湯船に浸《つ》からないしさ』

『ですが――』

とまぁこんなやり取りがあったわけだ。

この後はじゃんけんで決めてその結果、凛が先に入ることになったよ。

俺はというとテレビを爆音でつけ、水の滴る音を完全にカット。それにより、凛の今の状態を想像して緊張してしまうのはなんとか対策が出来たんだが……。

はっきり言って心臓に悪過ぎる。妙に警戒が薄いところのある凛が、俺の家でお風呂に入っているという状況が……。けど、風呂上がりの姿は否応《いやおう》なく見ることになってしまう。

もしかしたら、タオル一枚巻いて出てくるのではないか？

そんな懸念が頭を過《よ》ぎり――結局、一時間ぐらい外で待機することにした。

……蚊に刺されまくってマジ辛《つら》い。ちなみにお湯には浸かってない。いや、無理だよ。普通にね……。

――二つ目が夜の寝る場所をめぐる攻防だ。

『やべ、寝る場所をどうしよう。買い物のとき、敷布団とか買っとけばよかったな……』

『そういえば、そうでしたね……私も失念していました』

『別に凛が悪いわけじゃないよ。ま、とりあえず俺ならどこでも寝れるから使ってくれ』

『それはお断りします。家主の不自由をこれ以上増やしたくありません。ですので、ベッドは翔和くんが使って下さい』

『俺はいらない。別にフェミニストでも慈善主義でもないが、単純に女の子を床で寝かせるのは気が進まない。昨日は、仕方ないにしても……」

『ですが――』

というやりとりがあった……。凛は一歩も引かず、俺にベッドを押し付けてきたわけだ。

自分を決して曲げないことは美徳だが、こういう場面での頑固さには頭が痛くなる。

一応、じゃんけんで抵抗もした。今度は負けたけど……。

そして最終的に、成り行き的な妥協点として〝二人で同じベッドで寝る〟となってしまったのだ。

……いや、でもマジでどうしてこうなった？　この一言に尽きる。

自分で言うのも情けない話だが、いいように言いくるめられ気がついたらこの選択肢のみになっていた。

凛も顔を赤くするぐらいなら、考えを改めてくれればいいのに……。

ま、こうなってしまうと俺は当然寝れないわけで、必然的に朝はあの〝寝惚《ねぼ》けリア神《がみ》〟の餌食になってしまう。

何とか徹夜しようと頑張ったが、最終的に力尽きて寝てしまった。

……デジャヴだなぁ。

とりあえずそういうことがあって、今日のバイトは非常に辛いわけだ。

今日もいつも通りのシフトで十八時にはバイトが終わる。だからそこまで歯を食いしばって頑張ればいい。つまり……後、五時間程の辛抱である。

うん、考えたら余計に辛くなるな……。

俺は漏れ出そうなため息を我慢して、口の端をぎゅっと結ぶ。そして優雅にコーヒーを嗜《たしな》んでいるリア神を横目で見た。

店の窓から差し込む光が、彼女の存在を強調するように照らしている。その中で、コーヒーを飲む姿が一つの芸術品のように仕上がって見えた。神に愛されているようにしか思えない程、彼女には演出が付いて回っている。

まぁ実際に神がかってる人物だから、特に違和感はない。

寧《むし》ろ「あーいつも通りか」と、この自然の演出を受け入れてしまっている自分がいる。

慣れというものは怖いものだ……。

◇◇◇

「翔和くん、水着を買いに行きましょう」

凛が俺の正面に座り、真剣な顔で俺を見つめる。

リサさんから私服の差し入れがあったことで、凛はもうジャージ姿ではない。肩口が可愛《かわい》らしい白のワンピースを着ている。

そんな格好で正座をされるので、目のやり場に困ってしまう。

「水着を持ってないのか？」

「いえ、一応……あるにはあるのですが……」

「なら、必要ないだろ」

水着は意外と値段が高い。あんな裸に一枚の布を着けるだけの物が、何故《なぜ》あんなにも高いのか疑問だ。だから、持ってるなら買う必要はないと思う。お金は節約すべきだし……。

俺は背伸びをし、凛の方を見る。

凛は、何故か恥ずかしそうに顔を赤らめていた。

……うん？　何、その反応は……？

「わかりました。翔和くんがそう言うのなら……。それで行くことにしましょうか」

「参考までに、それはいつの水着だ？」

「中学生の時に授業で使用していた水着です」

「……はい？」

まさかのスクール水着……だと？　今の凛にスクール水着？

色々とアウト……違う、完璧にアウトだ……。

大人びたリア神にその水着の組み合わせは……背徳的すぎる。

つか、なんでここに持って来てんだよ……。

「翔和くんが望むなら……その水着で頑張りますっ！　任せて下さい!!」

「なんでそうなる!?　一旦考え直そう、凛は高校生なわけだし、色々と……そう色々と駄目だ!!」

「えーっと……そうですか？」

「ああ、やめとこう。それは、即刻処分しとくべきだ」

凛もその水着の危険性に気がついたのか、水着とにらめっこするように向き合っている。

これでとりあえずは――

「確かに、サイズが合わないと問題ですよね。なので合わせてみます」

「え、はぁ？　おい、ちょっと待て!!」

凛を止めようと手を伸ばすが、ひらりと華麗に躱《かわ》され、そのまま洗面所に走って行く。

離脱しようと腰を上げるが、「翔和くんは少し待ってて下さい。提案者は責任を持って見守るべきです」という声が聞こえ、渋々待機することになってしまった。

——五分後

一年よりも長く感じたこの五分間。

今、洗面所ではリア神が神がかった姿を晒《さら》そうとしている。

見たいか見たくないか……。いや、見たいに決まっているだろ。ただ、見る前に精神統一は必須である。南無阿弥《なむあみ》………。

「翔和くん……今、残念なことに気がついてしまいました……」

「うん？」

「……ヘルプです」

「どうかしたのか……っておい⁉」

俺は恐る恐る洗面所に顔を出す。

女の子座りをしたリア神が、涙目でこちらを振り返った。

水着から見える白い肌にくびれた腰。小さめの水着を着たせいで、より扇情的な姿だ。

せめてもの救いは、見えているのが背後からという点だろう。

これが正面だったら……やばかった。

「私が太ったせいで水着が苦しいです……。なんということでしょう……」

「いや、それはー……違うと思うぞ……？」

リア神は太ったと言っているが……それはまずない。

水着がそもそも小さいからな……。仮に凛が太っているとしたら、地球上のほとんどの人が〝太っている〟に分類されてしまうことだろう。

「着られないのが悔しくて……それで意地になって着ようとしたのですが……」

「こんな、あられもない姿になってしまったと」

「不徳の致すところです」

「はぁ……ったく、なんか俺にすることある？」

「肩から水着を外してくれると助かります。今、手を回せないので……締め付けも痛いですし……」

「セクハラで訴えたりしない？」

「しません！」

俺はなるべく肌に触れないようにしながら、凛の水着を肩から脱がす。

そして、俺の出番が終わった途端、その場から逃げ出した。

……うん、これ以上は無理。


——スクール水着の一件から数分後。

「翔和くんは水着ありますか？」

何事もなかったように澄ました表情で話を切り出してきた。

薄《う》っすらと耳が赤いことに気がつく辺り、凛との付き合いも長くなってきたということだろう。

……まぁ、流石《さすが》に恥ずかしいよなぁ。

「俺もないわ……。授業以外でプール行く機会なんてなかったし」

「私も同じです」

「まさかの共通点だな。てっきり、凛はプールとか海とか行くもんだと思ってたけど」

「行くと面倒なことが起きますので、全てお断りしてました」

「あー、なるほど」

きっとナンパの類いだろう。それは想像に難くない。プールや海にリア神がいたら、声掛けたくなるよな……。

「ってことは、とりあえず、お互いに水着の知識がないわけだよな？」

「そうなりますね」

「そんな二人が買いに行って大丈夫か？　つか、水着を選ぶときに待つのは俺にとって中々に辛いんだが……」

女性用の水着がたくさん並んでるところで待つ。

……拷問でしかない。

男子だったら買い物はすぐに終わるけど、女子って長いイメージがあるからな……。

その間ずっと付き添うのは、辛過ぎるわ……。

「その辺は、問題ありません。琴音《ことね》ちゃんと加藤《かとう》さんもいますから、何かあればアドバイスをくれる筈《はず》です」

「あー、既に声掛けてたわけね……行動が早いこと」

「これで翔和くんもバッチリと選べますね」

「ははは……、痛み入る配慮ありがと……」

やんわりと逃げようとした逃げ道は、あっさりと封鎖されてしまった。

まぁ、健一《けんいち》がいるなら待ち時間に話してればいいけどさ……。

「では向かいましょうか。お二人を待たせるわけには参りませんので」

「え？　今から……？」

「勿論《もちろん》です。善は急げですよ？」

「はぁ……マジかよ」

俺は額に手を当て、やれやれと肩を竦《すく》める。

断ろうとしても、無駄な流れが作られていたわけね……。

ったく、健一の奴《やつ》。余計なことを……。

玄関の方から、手招きで俺を急《せ》かす凛にため息をついた。

◇◇◇

『……凜、これがいいと思う。夏は勝負の季節』

『さ、さ、流石にそれは……厳しいです。布面積が少な過ぎですよ……』

『……先に言っとくと、ダイバーみたいな恰好《かっこう》は無しだから』

『それは選ばないから大丈夫ですっ！　ですが……その……自信満々に気合の入った水着を着たりして、引かれたりしないでしょうか？』

『……引かれるわけないでしょ。自分の体形を鏡で見てみなさい』

『その……自信はないですし……。さっきも翔和くんの家で水着が着られませんでしたから……だから、お腹《なか》が出てきたのかと……』

『……ぎるてぃ。私への当てつけ、凜が言うと自慢にしか聞こえない』

『えぇっ⁉　そ、そんなつもりは……きゃっ⁉』

『……自信を持ちなさい。わからないなら選んであげるから』

『もうっ！　変なところ触らないでください‼』

興味をそそる女子たちの会話。聞いては駄目だと思いつつも、自然と耳に入ってくる。

……正直、鼻血が出そう……。

「……健一、教えてくれ。俺はどうすればいい？」

「まぁ、待っとけよ。水着を選んで、それを試着する。そこまではとにかく待機だ」

「精神がもたない……」

「はぁ～」と俺の横に座る健一からため息が聞こえてくる。

俺は椅子に座りながら、なるべく目線を上げないように努め、目に毒としか言えない光景が、視界になるべく入らないようにしていた。

付き添いってだけなのに、命がごりごりと減らされている気分である。

「健一は、よく平気だな……。少しぐらい目のやり場に困るとか思わねぇの？」

「いや、全く。寧《むし》ろこの環境なんて眼福すぎるだろ？　普通に最高だ」

「清々《すがすが》しいなー……」

「つーか、翔和が意識しすぎなんだよ。堂々としとけ、そして戻ってきた時に水着姿を褒めるんだなぁ～。男にはその程度しか出来ねぇーし」

「褒める……か……」

水着姿を褒める。それは中々にハードルが高い。

普通に『可愛いね』『似合ってるよ』と言えばいいかもしれないが……果たしてそれでいいのだろうか？

今の世の中は〝容姿を褒める〟その言動だけで、セクハラ認定されることもある。

だから想像して欲しい……俺が凛を褒める構図というのは、それに該当しないのだろうか、と……。

……そう考えると、最善策はセクハラに該当しないような言葉選び、尚且《なお》つ褒める。うん、普通に難しい。水着の素材とか、デザインを褒めた方がいいのか？

「おーい……翔和〜。生きてるかぁ〜」

「うん？　なんだ急に？」

俺の眼前で手を振る健一を鬱陶しそうな目で見る。健一は俺と目が合うと「はぁ」と呆《あき》れたようなため息をついた。

「なんか、また残念なことを考えてない？」

「残念とは失礼な。俺はちゃんと〝どうやって褒めるか〟を思案中だ」

「ふ〜ん……んで、その成果は？」

「とりあえず、水着を褒めることにする」

「水着を？　水着姿ではなくて？」

「ああ、勿論」

今度は「はぁぁぁ……」と盛大にため息をつき、健一は頭を抱えた。

落胆しているような、呆れて物も言えないような……そんな感じである。

「……わかった。翔和、お前はもうあれこれ考えるな……。とにかく率直な感想を言ってみろ。きっとその方がいい……」

「そういうもんか？」

「翔和の場合はね」

「なんだその含みがある言い方は……。ま、イケメンが言うならそうしてみるわ」

健一はやれやれと肩を竦める。そして俺の肩に手を置き「頑張れよ」と言ってきた。

何を頑張るかわからないが「ああ」と短く返事をする。

それにしても水着選びは長いなぁ……。いつになったら――

『……健一、そろそろいい？』

「おっ！　準備出来たかぁ～！　いつでもいいぞ～」

俺の肩を叩《たた》き、試着室の方に行くように促してくる。

行くことに尻込みしていると、健一は俺を引っ張り無理矢理《むりやり》に連れて行く。

試着室前に来るとそこは妙な緊張感があり、喉がカラカラするような切迫する焦りを感じた。

〝女性を褒める〟ただ、それだけの行為が急に難しく思えてしまう。

なんて声を掛ければいいだろう……？　……率直な感想って言われてもなぁ。

今更になってイマイチ思い浮かばなくなった……。

『琴音ちゃん……。本当に出るのですか？　やはり、プール当日でも……』

『……何を今更、怖気《おじけ》づいてるの？　早めに見せて来なさい』

『うぅ……もし駄目だったら……』

『……また一緒に考えてあげるから安心して』

『うん……』

……会話が丸聞こえだ。この状況で、凛の水着姿を見て何も言えなかったら……彼女を傷つけることが確定してしまう。

横でニヤついているイケメンを見ると、背中をバシッと叩かれ『言わなくてもわかるよな？』と言われているようだった。

『でも、やっぱり……』

『……いいから行きなさい』

追い出されるように凛が試着室から出てくる。

俺と目が合うと凛は、はにかんで頰《ほお》を赤らめた。手を後ろで組み、もじもじとしている。

いつもの落ち着いた雰囲気はかけらも無く、本当に恥ずかしそうだ。

ただ……『女神降臨』。そう思えるほど見惚《みと》れてしまう姿だった。

凛の着ているのは、単色花柄のセパレートタイプの水着で、長めのフリルデザインが洋服っぽく見えるやつである。長めのフリルは、スタイルを隠すために使われたりするが、凛の場合は寧ろ強調されているようだ。

「翔和くん……どうですか？」

「……綺麗《きれい》……だな……」

気の利いた言葉を並べることは、出来なかった。

『どこがどう似合っていて』と言うべきなのだろうが、その言葉は出なかった。

ただ素直に、無意識に『綺麗』と呟《つぶや》いてしまったのだ。

俺は、ハッとし、慌てて言い直そうと、

「凛、その水着だが――」

「その……あの……失礼しますっ！」

何か言う前に、男子禁制の試着室に隠れてしまった。

あー、やべぇ……ミスったかぁ。後でどうしよう……。

「あら～そうなっちゃうのかぁ……。ま、頑張った方か」

「……凛、よかったね」

「なぁ健一。やっちまったわ……」

レクチャーされたのにもかかわらずこの失態。

健一と藤《ふじ》さんも俺を見て、目をパチクリさせている。『マジかよ、こいつ』。そう言われているようだ。

「「………はぁ」」

「二人してため息かよっ⁉」

「まぁ仕方ねぇか……これが翔和だし」

「……経験値が足りない人たちは大変」

くそ、なんだその生温かい目は……。

十分後、凛は何事もなかったように試着室から出てきたが……何故《なぜ》か両方の頬が叩かれたように赤くなっていた。

◇◇◇

——うだるような暑さ。

ジリジリと音が聞こえそうなぐらい、プールサイドから熱気が湯気のように湧いてきている。見ているだけで、こちらの血液が沸騰し蒸発してしまいそうだ。

……この天気、インドア派にはきついなぁ。

燦々《さんさん》と降り注ぐ太陽の光に手をかざし、目を細める。そして、すぐ近くでわいわい騒ぐ若者たちを見てため息をついた。

いかにもエンジョイ勢って感じで、俺と雰囲気がまるで違う。まさに人生を謳歌《おうか》している青春真っ盛りっていう連中だ。

まぁ、俺の横にはそれよりも謳歌しているエンジョイ勢……いや、人生の勝ち組がいるわけだが……。

「翔和は色白で細《ほ》っそりしてんな〜。羨ましいぜ！」

「どこが、羨ましいんだよ……。単純に男らしくねぇってことじゃないか……」

健一は高身長に筋肉質。整った身体《からだ》が男子の目から見ても素晴らしいと思える。頭のてっぺんから、足先まで残念に思えるところが何一つない。絵に描いたようなイケメンだ。

「そうか？　筋肉質じゃなくて細身も好きって言う奴《やつ》は結構いるぜ？」

「細身って言えば聞こえはいいが、俺の場合はただ単に細いってだけだからな？　ひ弱って言ってもいいぐらいだ。だから正直、需要はない……」

「俺的にはアリだ！」

「……あんまり嬉《うれ》しくねー」

そんな発言をするから、ホモだと勘違いされるんじゃないのか？

藤さんに後でしめられても知らないぞ……。つーか、

「……遅いなぁ。二人とも……」

俺は女子更衣室の入口をぼんやりと眺める。

さっきから他人は何人も出てくるが、凛と藤さんは中々出てこない。

女子の着替えってこんなに掛かるのか？

「なぁ、健一。こんなことだったら、俺らもまだ更衣室にいた方が良かったんじゃないか？　速攻で着替えて、こんな炎天下で待ち続ける必要なんてないだろ……」

「甘いなぁ〜。氷菓子にハチミツを塗りたくったぐらい甘いぜぇ〜」

指を左右に振り「チッチッチ」と口で言う。

……なんだろう。この無性に腹が立つモーションは……。

「……どういうこと？」

「ま、考えてみろよ。ここはプール、そしてあんな感じの輩《やから》は、割と多くいるんだぜ？」

健一が視線をさっきのエンジョイ勢に向け、俺に見るように促してきた。

俺は促されるまま、そっちを見る。

するとさっきの人たちが丁度、女性に声を掛けているところだった。

「……待ち合わせ？」

「アホかっ！　よく見てみろって……、女の子の顔が微妙に引きつってるだろ？」

「あー、言われてみれば……。もしかして、ナンパ？」

「そーいうこと」

「いやー、よくやるね……あんなこと」

自ら声を掛けて、断られて、自ら心を折る……。俺には到底出来そうにない。

つかか、俺が話し掛けたら「その顔でナンパ？　いっぺん死んでみたら？」とか言われそうだ。

「つーわけで、俺らがやらなきゃいけないのは、どんなに女子が出るのが遅くても待ち続けて、嫌な思いをさせないことだ。イメージしにくいなら、琴音と若宮《わかみや》が更衣室から出てきた時、どうなるか想像してみろ」

「そうだな……」

更衣室から出てくる美少女二人……。群がる男……周囲からの注目……。

「……軽く騒ぎになりそうだな」

「理解出来たようで」

「ああ……」

「だから、二人が出てきたらすぐに声を掛けるために目の前で待機してるってこと。せっかくのプールなのに、嫌な思いをさせたくないしな」

「さすがイケメン……」

気遣いも完璧。

見た目も完璧。

健一からは見習うことしかない。二人が出てきた時に、健一が向かったら「あいつには敵《かな》わない」と周囲の男共も理解するだろう。

これが〝リア充ガード〟か……。

健一にスペックで勝てる奴じゃないと、声は掛けれないよなぁ。出来ることといったら精々、羨望の眼差《まなざ》しを向けて、指を咥《くわ》えて恨み言を言うぐらいだ。

まぁ、俺じゃナンパ避《よ》けどころか〝ナンパホイホイ〟になりそうだけど……。

勝てる要素しかないしね……。

俺は横目で涼しい顔をしている健一を見る。健一は「そろそろか」と呟くと女子更衣室の出口付近に移動した。

そこから出てくる女性たちは、健一を見ると顔を赤くし、少し立ち止まってしまう。中には「かっこいい……」と声を漏らして見惚れる奴もいた。

「……色目使わないで、健一」

不服そうな声に反応するように、俺は視線を向けた。

そこにいた藤さんは頬を膨らませ、健一を責めるように見ている。

藤さんの水着はワンピースタイプの物で、髪は可愛《かわい》らしくサイドに編み込んだ形となっていた。

「そんなことねーって！　俺は、琴音しか興味ないからさ」

「……馬鹿」

「その水着、似合ってるな。新しいやつ？」

「……うん、そう。買ったの……」

「可愛いよ、琴音」

「……あり……がと……」

そう言われた藤さんは耳を赤くし顔を伏せて、健一に近づく。そして、腕にくっつくように腕を絡ませた。

……俺は、何を見せられているんだろう？　このラブラブっぷりに背中が痒《かゆ》くなる。

俺と同じ気持ちなのか、さっきのエンジョイ勢もなんだか悔しそうだ。

イケメンに美少女……完璧な構図だよな。

あ、なんか一人は悔し泣きしてる……。わかるよ……その気持ち……ただ、無理なものは諦めなきゃ……。

「あの……翔和くん……」

声が聞こえたと同時に手を握られる。

二人を見ていたせいで、気がつかなかった。はっと振り返り、凛を見る。

距離が近いせいで、視界に収まる部分がより強調されてしまった。

水着姿は、お店で事前に見た。だから緊張することもないし、大丈夫だと思っていた。

でも違う……。この前見た水着姿に、彼女の長いブロンドの髪をツインテールにし、それをくるりんぱとさせた髪型。

そして、太陽の光が白い肌に降り注ぎ、反射したかのように眩《まぶ》しく見えてしまう。

プールという特殊なステージが、水着の魅力をより際立たせていた。

降臨された女神様……破壊力、あり過ぎだろ……。

その姿に周りの人を含め、俺も時を忘れたように見惚れてしまった。

「ぼーっとして、どうかしましたか？　……何かおかしな点でも……。あ、もしかして髪型ですか？　普段とは違うので違和感がありますよね……」

「いや、それは全く感じないんだが……」

――言えない。

見惚《みと》れてしまって言葉が出なかったなんて……。

不思議そうに小首を傾《かし》げる凛からそっと目を逸《そ》らす。

「……そうですか？　ですが、あの……」

「うん？」

「その……似合って……ますか？」

「ああ、えっと。そうだな。それは……ほら、周りの反応が物語ってるだろ」

「私は翔和くんに聞いてますよ？」

曇りがない澄んだ瞳が真っ直《ます》ぐに俺を見つめる。

それはまるで、何かを期待する犬のようにキラキラと輝いて見えた。

言葉に詰まる俺のすぐ近くで、健一と藤さんが成り行きを見守るように黙って佇《たたず》んでいる。

俺が何かを言うのを待っているようだ。

「……似合ってるよ。普通に……痛っ⁉」

「なんだその褒め方は！　嫌々言ってるみたいじゃねぇーか‼　そこは『ダイヤモンドのように綺麗《きれい》だね』とか言っとけ」

「それは……流石《さすが》にどうかと思う……」

頭にチョップをくらい、頭を摩《さす》りながらイケメン野郎を睨《にら》む。

この馬鹿力……マジで痛いぞ……。

つか、俺に気の利いた言葉や気障《きざ》な台詞《せりふ》を求めるなよ。

「なぁ～、琴音もなんか言ってくれよー。この残念男に」

「……健一、見て。問題なさそう」

「うん？……あー、なるへそ」

「えへへ～、『似合ってる』と言われちゃいましたぁ～」

「……凛はポジティブシンキング。常盤木《ときわぎ》君の言葉なら問題ないみたい」

「恋する乙女はなんとやらって感じだな」

「……凛、可愛い」

頭を押さえてしゃがみ込む俺を無視するように会話をする二人。

色々と気になる会話は聞こえるが……。まぁとりあえず、問題なかったってことかな？

「さて、じゃあ行きますか！　パラソルの場所は指定されてるし、早く荷物を置きに行こうぜ～」

「……そうね。早く準備したいし」

俺は冷えたペットボトルを頭に当て立ち上がり、前を歩く健一について行こうとする。

すると途端、周囲からの視線が厳しくなったように感じた。体感温度も心なしか下がった気もする。

あー、なるほど。まぁ当たり前か……。

周囲の視線。それは今まで何度も感じたことのある視線だ。

『なんでお前がそこにいるの？』

『場違い甚だしいわ！』

『つり合わなくね？』

と言われているようである。

これはどこに行っても変わらない。仕方ないことだ……。単純に変えようがない事実だしな。俺は内心諦めている。だから、それは苦にもならないし、それを不快にも最早《もはや》思うことはない。

ただ、それはあくまで俺だけだ。巻き込まれた俺以外の人は不愉快に感じることだろう。

俺の周りにたまたまいたってだけで、その人物は奇異な目で見られ、火の粉が降りかかることになってしまう。

それは、俺にとっても不本意でしかない。

そいつが良い奴なのに関わった相手が俺のようなど底辺ってだけで、そいつの評価を下げてしまうことになるのは、単純に不快だ。

そして同時に……申し訳なく思う。

——だからいつもと同じ。

この視線を感じたら、さり気なく、何気なく、まるで空気のようにフェードアウトするだけだ。

俺は、三人と距離を置こうと——

「翔和くん！　さぁ行きましょう！」

聞いたことのない凛の明るい声に少し驚き、「へ？」と間抜けな声を出してしまった。

まるで眠い相手を起こすような……そんな声だ。

耳元で呼ばれたわけではないのに……他の客でガヤガヤとする中、彼女の声だけがスーッと俺の耳に入ってくる。

彼女は少しむっとした表情で周囲を一瞥《いちべつ》すると、俺の腕に割と力強く絡んできた。

俺の腕に彼女の肌が直《じか》に触れ、温かい熱とともに居心地の良い感触がダイレクトに伝わってくる。心が妙にざわついてなければ、鼻血を出していたかもしれない。

「えーっと……凛？　……何やってんの？」

「……なんだか」

「うん？」

「放っておいたら……フラフラとどこかに行ってしまいそうな気がしましたので。その……飛ばされないようにしています」

「いや、人はそう簡単に飛ばされないからな？」

「翔和くんなら……あり得ますから」

「俺、どんな風に見られてるんだよ……」

腕を解《ほど》こうと軽く振るが、凛は頑《かたく》なに放そうとしない。

はぁ、全く。余計に視線が鋭くなったじゃねぇか。

疑念を抱いた視線から、殺意に変わってるし……。

「お～い！　何やってんだぁ～！　イチャイチャしないで、早くこっちに来いよー！」

少し離れた所にあるパラソルから、健一が俺達に向かって大きく手を振る。

その横で藤さんが小さく手招きをしていた。

俺は、ふぅと小さく息をはく。

「んじゃ、行くか……」

「はい」

「ちなみにこの腕を放すという選択肢は？」

「勿論《もちろん》ないです」

「ですよねー……」

相変わらずの凛の様子に苦笑する。

周囲からの視線は相変わらず冷たい。だが、不思議と気持ちは温かかった。

健一と藤さんのいるパラソルに着くと、少し不満そうな表情で藤さんが待っていた。

「……二人とも遅い」

「そう言うなって琴音！　どうせ翔和のチキンっぷりが発揮されたんだからさ！　ま、でもー無駄だったみたいだけどなぁ〜。な！　翔和！」

「……勝手に言ってろ」

俺はため息交じりに答え、ニヤニヤとした顔をする健一から目を逸らした。

さっきまで不機嫌そうだった藤さんも何故《なぜ》か生温かい目で見てくる……。

まぁ仕方ない、そんな目で見られても……。何故なら、未《いま》だに凛が俺の腕にしがみついているのだから。

なんだか暑いし、いい匂いもするし、そして…………柔らかいし。頭がクラクラしてしまう。けど、一つ不思議なのは、凛が何故か周囲の視線に敏感に反応しているってこうことだ。

普段だったら、あまり気にしてないような気がするんだが……。

「凛、なんでそんなにキョロキョロしてるんだ？」

「翔和くんの悪口が聞こえた気がしたので、声の主を探しています」

「あー、それは気にする必要ないよ。どうせ、ほぼ全員に等しいだろうし」

美少女に女神、超絶イケメンそして金魚のフン。このメンバーでいて、俺に疑念を抱いて文句を言いたくなるのは正直、仕方のないことだ。

『なんであいつが？　金の力か？』と思わない方がおかしい。

『すげぇお似合いじゃん！』って思った奴《やつ》がもしいたら、それは病院に行くことをお勧めしよう。普通にあり得ないことだし……。

「……全員ですか」

毛を逆立てた猫のように「フーッ！」と唸《うな》り声をあげ威嚇をするリア神……いや、この場合はリア猫か。

目つきが鋭いがあまり怖さを感じない。寧《むし》ろ、猫を撫《な》でるように顎をこしょこしょとしたくなってしまう可愛《かわい》さがある。

まぁ勿論しないけど……。

「私……一言、文句を言って来まひゅ!?」

「……凛、落ち着きなさい」

「こひょねひゃん、ほおをひっぱらにゃいで～」《琴音ちゃん、頬を引っ張らないで》

「……落ち着いたならやめる」

少し涙目の凛がこくこくと頷《うなず》くと、藤さんは凛の頬《ほお》から手を離した。

「酷《ひど》いです……琴音ちゃん。私は正当な主張をしたいだけなのに……」

「……駄目。凛が出て行くと余計にややこしくなる」

「ですが……」

「……気持ちはわかるけど抑えて。そういう行動をしたら彼がどういったことをするか……なんとなく凛ならわかるでしょ？」

藤さんが俺のことをチラッと見てくる。

おい、なんで俺を見るんだよ……。

「うっ……そうですね……。私の考えが浅はかでした……」

「……わかってくれればいい。それよりも――」

藤さんは凛の頭をちょんとつつき、自分のポーチから何かを取り出すとそれを健一に手渡した。

「……健一、日焼け止めを塗ってくれない？　塗るの忘れてたの」

「うーん？　……おう！　任せとけっ！　塗るところは背中でいいのか～？」

「……うん。お願い」

藤さんはラウンジチェアの上でうつ伏せになると、健一に日焼け止めのクリームを手渡した。

流石、リア充……自然なやりとりで違和感がない。俺だったら動揺して塗ることなんて……うん？

藤さんから妙な視線を感じた気がして彼女を見る。

気のせいか？　何かを目配《めくば》せしてた気がしたんだが……。

そんなことを考えていると、肩をトントンと叩《たた》かれる。

後ろを振り返ると顔を赤く染めた凛が、俺に向かって日焼け止めのクリームだと思われる物を突き出していた。

「えーっと……凛。それは、何……？」

「そ、その……お願いしたくて……日焼け止めを……」

いつも凛々《りり》しく堂々としている凛が、妙にたどたどしく頼む姿にこちらまで変な気分になってしまう。

まるで全身の血液が顔に集中してゆくような熱を感じ、非常に熱い……。

もしかしたら凛と同様に赤面しているのかもしれない。

俺は目をわざと太陽の方に向けて「暑っ」と呟《つぶや》き、顔を手で扇《あお》いだ。

「……それは藤さんに頼んだ方がいいんじゃないか？」

「今、琴音ちゃんは加藤さんにやってもらってますし……」

「終わってからでいいん──」

「……私は凛が使ってるのが肌に合わないから無理。だから、常盤木君がやってあげて」

話に割り込むように藤さんが口を挟む。

「だったら、健一がやれば──」

「……まさか、人の彼氏にやらせる気？　ねぇ、常盤木君？」

「……すいません」

人を射殺すような藤さんの冷たい視線に反射的に謝った。

なんだろう。さっきまで顔に集中していた血液が、一気に逆流するように引いてゆくのを感じた。

……藤さん、怖いなぁ。

「いい加減、諦めろよ翔和！　つーか、あれか？　若宮のことを意識し過ぎて出来ねーの？」

「……そんなことねぇよ」

ぶっきら棒に否定するが内心ではどきりとしていた。

ってか、意識しないっていう方が無理があるだろ……この状況。

「翔和くん……駄目ですか？」

吸い込まれそうなぐらい大きな目。そんな目が、俺を上目遣いで不安そうに見つめてくる。

マジで反則だろそれ……。物欲しそうな、不安そうな、男の欲情を掻《か》き乱すような目に抗《あらが》う術《すべ》を俺は知らない。

……知っている人がいたら、マジで教えてくれ。頼むから……。

俺は大きなため息をつく。

「わかった……やるよ。……背中でいいんだよな？」

「はい！」

凛は無邪気な笑みを浮かべ、喜ぶ素振りを見せてきた。

その様子を見ていると胸のあたりがチクりとし、少しざわついてくる。

はぁ……こっちの気も知らないで。

「それではよろしくお願いします」

「ああ……」

藤さんと同じようにうつ伏せになる凛。

その無防備な姿を前にして、俺の口から再びため息が漏れ出た。

……やるしかないか。

俺は覚悟を決め、日焼け止めのクリームを手の上に搾り出す。

そして、白くて華奢《きゃしゃ》な凛の背中に手を置いた。

「きゃっ……」

「えっと……大丈夫か？」

「だ、大丈夫です。意外と冷たくて驚いただけですから」

「……そっか」

「ふふっ」

「なんかおかしなことあったか？」

「いえ……ただ、翔和くんの手って大きいなぁと思いまして」

「男の手なんてこんなもんだろ……」

「それになんだか温かいです」

「……っ、続きやるからな」

「はい。お願い……します」

俺は肩のあたりから塗り始め、そのまま腰の方に向かってクリームを塗ってゆく。なくなったら再び手にとり、それを背中に塗りつける。

初めて触れた凛の背中はすべすべとしていて、荒れているところは全くなく綺麗《きれい》だった。

……こんなところまで完璧かよ。と思わず苦笑した。

「ひゃぁん…………いえ、何でもないです」

「そ、それならいいが……」

腰にたどり着いた途端、凛から艶っぽい声が微《かす》かに漏れる。

俺は聞こえなかったフリをするつもりだったが、流石《さすが》にリア神も恥ずかしかったらしい。

耳は赤く、頬が見える範囲でも桜色に染まっている。

恥ずかしいなら、俺に頼まなければいいのに……まぁ、消去法的に仕方ないのか……。

俺は頭に過《よ》ぎる、虚《むな》しい考えを振り払うように頭を左右に振る。そんな様子を悪友は、腹が立つニヤついた表情で見ていた。

「健一、なんでニヤついてんだよ……」

「べっつに〜。ま、微笑《ほほえ》ましいこった」

「……よかったね、凛」

「……見世物じゃねぇーよ。ったく、他人事《ひとごと》だと思って……」

俺は不貞腐《ふてくさ》れたように悪態をついた。

そんな俺の様子を凛が見たのか、目が合うと優しく微笑んでくる。

凛からそっと顔を背けると、俺は燦々《さんさん》と輝く太陽を見て嘆息した。

◇◇◇

美少女の背中に日焼け止めを塗るという試練を乗り越えて、俺はぷかぷかと流れるプールに身を任せていた。

浮き輪に摑《つか》まったまま、只々《ただただ》流れるだけ。それだけでも、身体《からだ》と顔から徐々に火照りが引いていくのを感じる。心地よい水の冷たさと相まって、寝てしまいそうなぐらい気持ちがいい——まぁ、本来なら……。

「……なぁ、一つ聞いてもいいか？」

「なんでしょう？」

「狭くない？」

大きな浮き輪に男女が摑まって浮いている。バランスも悪いし、それになんだか凛が近い……。くそ……こういう状況では、どうすればいい？　経験値がない故にわからない。

そんな俺の心中を察していたかわからないが、今の状況が面白いのだろう。後ろから同じように流されている健一と藤さんがニヤついていた。

藤さんは、浮き輪の真ん中にすっぽりと身体を入れ、両脇で支えるように浮いている。その藤さんを押すように健一が付いてきている……まぁ、こんな構図だ。

……それにしても、浮き輪が似合うなぁ〜藤さんは。

「狭いですか？　えっと、プールは広いですよ？」

「いや、プールのことじゃなくて……」

「では、翔和くんの背中ですか？　確かに、少しだけ広いかもしれませんね」

凛の白魚のような指が、俺の背中をなぞるように優しく触れる。

心臓の高鳴りとくすぐったさが合わさり、変な声が出そうになるが、それを押さえ込んだ。俺は、照れを隠すようにため息をつく。

「俺はどちらかと言うと細い方の男だ……。ってか……わかってて言ってるだろ？」

小さく笑い、凛からは悪戯《いたずら》をする子供のような無邪気な笑みが零《こぼ》れた。

いつも大人っぽい人が時折見せるこのギャップ。

中々に心を揺さぶるものがある……。これが所謂《いわゆる》、ギャップ萌《も》えという奴《やつ》なのだろう。

「そうですね、わかっていますよ」

「じゃあ、バランスを考えて向かい側に掴まるとかした方が――」

「嫌です」

「えー……」

俺が言い切る前に、食い気味で拒否をする凛に嘆息する。

あー……また、これは引く気がない目だよね。少し身体を横に移動しても――やっぱり、しっかりとついてくる。

　もしかしたら、からかわれてるのか？

「翔和くん、考えてみてください。向かい合わせに浮き輪を持ったら幅を取ります。全長が長くなってしまうので、周りの人にも迷惑が掛かってしまうことでしょう」

「あー、言われてみれば……」

「その点、同じ所に掴まっていれば邪魔にはなりません。ですので、どちらが最善の選択か、わかりますよね？」

「はぁ、仕方な………いや、待てよ。それだと一方に体重が重くのしかかるから、沈まないか？」

「私は軽い方なので沈みません」

「そういう問題かよ……」

　不思議と沈まない浮き輪。確かに凛の言った通り、二人でいるにもかかわらず全くと言っていいほど沈まないのだ。

　今時の浮き輪は、特殊加工とかで沈みにくくなっているのか？

「それに体幹には自信がありますので、沈むような体重のかけ方はしません。なので、ご心配は無用です」

「えっ、沈まない理由ってそれ……？」

「そうですけど、おかしいですか？」

浮き輪の性能じゃなくて……つまりは、リア神の神がかった身体的能力でどうにかしていると？

凛を横目で見ると、視線に気がついたのか小首を傾《かし》げにこりと笑う。

俺だったら、どうにか出来る気がしないけど……。完璧超人のリア神なら可能なのだろうか？

『リア神なら』と言葉を付けるだけで、全て出来るような気がしてくるのは不思議だ……。

現にやってのけているしね……。

「……凛ならおかしくないか」

「何か含みのある言い方ですね……。なんだか不本意です」

不満そうに頬《ほお》を膨らます凛を無視して、浮き輪に預ける身体に集中する。

危ない……。凛に気を取られて、バランス崩しそうだったよ。

「えーっと……翔和くん。気のせいかもしれませんが、浮き輪を掴む手にやたらと力が入ってるような……？」

「……人は水に浮かぶように出来てはいないからな」

「……もしかしてですが、泳ぐことが出来ないのに無理してませんか？」

「悲しいかな……俺はあいにく陸上生物。水で過ごせるような奴じゃないんだ。だから、水と相容《あいい》れないのは自然なことさ」

「やっぱりそうなのですね……」

凛はしゅんとして申し訳なさそうに目を伏せる。

──しまったなぁ。テキトーな言い方で深刻じゃないように見せたつもりだったが……

凛には効果がなかったか……。

『無理矢理《むりやり》プールに連れてきてしまって、ごめんなさい』とか思わなければいいけど、その表情から察するに……思ってるよなぁ。

そう、俺は泳げない。

物に摑まって浮くとかは問題ないが、二十五メートルを泳ぐとかの芸当は無理だ。自分でもよくわからないが、必死に足をバタつかせても前に進むどころか沈んでしまう。まぁ、そもそもプールに行く機会が学校の授業ぐらいだったから、出来ないのは仕方のないことである。

……プールの授業をサボりまくっていたことも、勿論《もちろん》悪いが……。

さて、凛に何て言えばいい……？

発言を間違えると、厄介なことになりかねないし。主に俺の心臓が痛くなりそうな……。

「凛、そんな顔しなくても俺は──」

「翔和～！　泳げないなら、若宮に泳ぎでも教えてもらえばいいんじゃね？」

「ちょ、待て健一！　余計なことを言うな……」

俺は後ろから声を掛けてきた健一を睨《にら》む。だって、そんなことを言ったら──

「私が教えて差し上げましょう。翔和くんを泳げるようにしてみせます！」

はぁ、やっぱり……こうなると思ったよ。

「いや、いいよ泳ぎなんて別に。そんな来るわけでもないしさ」

「ではまたプールへ行くことにして、練習しましょう」

「どうしてそうなる……。俺は行かねーよ」

「私と……その、行きたくありませんか？」

俺に顔をぐいっと寄せ、真《ま》っ直《す》ぐに見つめてくる。

その目は、捨てられた仔犬《こいぬ》のようにウルウルと潤んで見えた。

「………ちっ。その聞き方はずるいだろ……」

「どっちですか？」

「まぁ……機会があれば……」

「では、決定ですね！」

相変わらずの押しの強さにため息をつく。

こうなった凛は、絶対に引かないんだよな……。だから、こっちが引くしかなくなる。

こうなってしまった以上、俺に抗《あらが》う手段はないんだから……。

この流れを作りたくなかったから、泳げないのを隠してたのに……健一め……。

俺は諸悪の根源に恨みを伝えるように睨みつける。だが健一は特に気にしていないのか、愉快そうな笑みを浮かべた。

「そんな睨むなよ翔和！　ま、いいじゃねぇか〜。泳げて損はないぜ？」

「よくねぇーよ」

「それに若宮から手取り足取り、べったりと教えてもらえれば男として最高だろ？」

「……ノーコメントだ」

男としては最高だ。それは間違いない。

学校一の美少女、女神様的な存在に教えてもらえるのだ。本来なら嫌がるどころか、泣いて喜ぶべきだろう。

けど、素直には喜べない。恵まれ過ぎて、良いこと過ぎて……。

気持ちが肥大化していき、素直に喜ぶことは出来ない。

何故《なぜ》なら、期待を大きくすれば、それだけ反動が大きくなってしまうから……。

世の中は所詮、プラマイゼロ。良いことの後は、悪いことが起きるのが常だ。

良いことが多過ぎると碌《ろく》なことがない。

「翔和？　また余計なこと考えようとしてないよな？」

「うん？　そんなことないよ」

「ふーん……そっか……。ま、ここは若宮に任せるかな〜。その方が良さそうだし」

「……賛成。それがいいと思う。凛もやる気に満ち溢《あふ》れてる」

嫌なことを言う二人から顔を背け、俺は恐る恐る凛の方を見た。

凛は目が合うとにこりと笑い、俺の手を力強く握り『逃がしません』と言いたげである。

そしてリア神の目は、いつもの澄んだ瞳ではなく、使命感に燃えているような強い目をしていた。

俺の顔が自然と引き攣《つ》る。次に起き得るであろう展開を考えると、頭が痛くなった。

「では、早速参りましょうか。善は急げです」

「……はぁ、やっぱりそうなるか。ちなみに……拒否権は？」

「ありません」

「ですよねー……」

「いいから行きますよ」

凛は浮き輪ごと俺を引っ張り、プールサイドに移動させた。

手際の良さと強引さに苦笑する。凛の強引さには、不思議と嫌な感じがしない。

そう思ってしまうのは……良くないことの筈《はず》なのになぁ……。

「さぁ、頑張りますよ！　まずは、泳ぎのフォームを身に付けるために子供用のプールで練習です」

「それは背徳的だからやめておこうな？」

「ふふっ。冗談ですよ。では頑張りましょうか」

魅力的な彼女の笑顔。それを見ていると、胸が少し苦しくなる。

俺は「仕方ないな」と呟《つぶや》き、彼女に手を引かれるまま後について行った。

◇◇◇

人間は慣れないことをすると碌なことにならない生き物である。

『失敗は経験だ。それを糧に次を頑張ろう』と言う人もいるかもしれない。

けど俺の考えは違う。

失敗は所詮、失敗だ。辛《つら》いし、疲れるし、落ち込んでしまう。心も身体も疲弊するだけ……。それに、頑張ろうという気概が起きなければ、単に失敗という苦い経験しか残らない。

一部の人間だけが、不平不満を言わず失敗に真っ直ぐに向き合うことが出来るのだ。

そして、その一握りだけが人生経験として今後のスキルアップに繋《つな》げていく。

……もう、泳ぐの辛いなぁ。俺はため息をつき天を仰ぐ。

「だから言ったんだ……。人は水に浮かぶように出来ていないって……」

プールの練習を終えた俺は当然バテバテになり、ラウンジチェアに寝そべっていた。

凛の教え方がいくら良くても、生徒が駄目なら仕方ない。

名コーチが名選手を出せるわけではないのだ。

「お〜い、翔和〜。生きてるかぁ〜。あそこまで泳げないとは思ってなかったぜぇ……」

「……喩《たと》えるならヘタレの干物」

「翔和くん……。やり過ぎてごめんなさい……」

俺はひらひらと手を振り「気にしないでくれ」と呟く。

そんな俺を凛が団扇《うちわ》で扇《あお》ぎ、少しでも疲れを癒《いや》そうとしてくれていた。

涼しい風が、怠《だる》くてたまらない身体の上を撫《な》でるように通過する。どういう風を人が心地よく感じるのか。それを理解しているような優しい扇ぎ方だ。

うん、ひんやりとして気持ちがいい。

身体を捩《よじ》ると顔を覆っているタオルが少しズレ、慈愛に満ちた女神様を視界が捉えた。写真に収めたくなるような凛の姿をぼーっと眺める。そんな視線に気がついた凛は、優しく微笑《ほほえ》み俺の手に自分の手を重ねてきた。

身体中《からだじゅう》の血液が沸々と湧き上がってくる。凛と触れた手が熱を持ち、そこにだけ血液が集中しているようだ。

俺はそれを誤魔化《ごまか》すために身体を起こし、首を左右に一回ずつ回す。

「ん～っ……もう大丈夫」

「もう少し寝ていてもいいですよ？　さっきはかなり頑張りましたから、疲れてもしょうがないです」

「いーや、十分休んだよ」

「本当ですか？　無理は駄目ですからね？　一応、栄養ドリンクでも飲みましょうか……。うん、その方がいいですね。今、用意いたします！」

「心配し過ぎだって……おかんじゃないんだから。つか、なんでそんなのを持ってきてんの……？」

備えあればなんとやら……っていうのはあるけど。流石《さすが》に準備が良すぎるだろ……。ってか、そんなのいつ用意したんだ？　少なくとも家にはなかったと思うんだけど
……まぁ、考えても仕方ないか。

リア神は、俺を心配そうな眼差《まなざ》しで見つめながら、何か探っているようだ。

まぁ、おそらく……俺が嘘《うそ》をついていないか探っているのだろう。俺はやれやれと肩を竦《すく》めた。

「……凛、常盤木君の様子的に大丈夫じゃないの？」

「いえ、翔和くんは隠すことに関しての演技は、とても上手ですから……油断が出来ません。特に急に笑顔になったら注意です」

「信用ねぇーな、俺」

「ははっ！　ま、日頃の行いのせいだな」

俺をジト目で見続けてくる。その何でも見透かすような目に俺は弱い。

『何をしても無駄』、そんな感じがしてしまう。

「はぁ」と自然と口から出るため息。

どうやら、凛にはバイトで培った営業スマイルはどうやら通用しなくなったらしい。

「翔和くんは、人知れず無理することがあるので心配で……。今も本当は疲れて動けないのに、身体に鞭打《むちう》って動こうとしているのではないかと……」

「自分の苦手なことに、そこまで一生懸命になってないから安心してくれ」

「……本当ですか？」

「ほんとほんと。勤勉で真面目な人間じゃないから」

言ってて悲しくなるが事実は事実だ。

つか、ここまで休ませてもらっておいて……『まだ動けません』って言えねぇよ。

それに、疲れた姿を見せたら……甲斐甲斐《かいがい》しく面倒を見てくれる凛が……近すぎて
……違った意味で死んでしまう。

「ってか、凛は何にそんな引っ掛かってるんだ？」

「えっと、さっきまで辛そうにしていたのに、急に起き上がったので……」

「あー、そういうことね……。そうだなぁ……うん。あれは……別になんでもない」

「嘘はついてませんか？」

「いや……別に」

直視出来ずに目を逸《そ》らす。

凛は俺の顔を両手で押さえ、逃げれないようにしてきた。

くそ……目のやり場に困る。ただでさえ、水着という強力な代物を身につけて、いつにも増して目に毒だというのに……。それを至近距離で……。

羞恥心というのがリア神にはないのか？

あー、顔が熱い!!

「まぁまぁ、若宮もその辺にしとけよ〜。あんまりやり過ぎると翔和が可哀想《かわいそう》だぜ？」

困っている俺に助け舟を出すように健一が口を挟んだ。

凛は、顔だけ健一の方に向けると小首を傾《かし》げる。

「可哀想……？」

「ああ、男には譲れない一線的なものがあるからさ。それを聞き出すっていうのは野暮《やぼ》ってもんだ」

「私には、無理してるようにしか……」

「いやいや〜、若宮が心配してるような身体的疲労は、まぁ大丈夫だと思うぞ？　それより、無理してんのは違うことだろうし。なっ！　翔和？」

「……俺にはよくわからないな」

不貞腐《ふてくさ》れたように惚《とぼ》けた俺を見て、健一は意地の悪い笑みを浮かべる。

「なぁ若宮、そんなに心配だったら一緒にいればいいじゃねぇーか？　今日、ずーっと……」

「健一……お前――」

「元からそのつもりです」

「マジかよ……」

「……じゃあ、私は健一とずっと一緒にいる」

藤さんの頭を優しく撫でる健一。そして見つめ合う二人……。その二人の周りにだけ、ふわふわとした幸せオーラが溢れている気がする。

けど――

「あー、おふたりさん。俺達がいることを忘れるなよ？」

「……常盤木君は空気を読むべき」

「残念ながら、空気を読める人間だったらDグループにいない」

「……むぅ」

「琴音、そんなむくれるなって！　また……後でな？」

「……わかった。約束ね」

藤さんは健一大好きっぷりを、俺らの前では隠さないよなぁ。

学校では、やや塩対応なんだけどね……。

「さて、そろそろ……このプールの名物をやるとするか！」

「……うん。行きたい」

「名物？　そんなのあるの？」

「あれだよ、あれ」

健一が指さした方を見る。


『超巨大ウォータースライダー』

友達でワイワイ！

カップルでイチャイチャ！

ただし、小さい子は危ないから駄目だぞ？


と書かれた看板があった。

俺の顔が引き攣ったまま硬直する。

いや、なんとなくそんな予感がしていた。ここに来るまでに、何度も看板を目にしたたし……。プールにいれば嫌って言うほど、その施設が目に入るしね。

「翔和くん、面白そうですねっ！　経験したことないので、とても興味があります！」

「……ここに来たのに行かない理由はない」

「だよな～！　んで、翔和……あー、まぁ聞かなくてもわかるか」

「察していただけたようで」

普通に行きたくない。浮き輪にしがみつくのがやっとの人に、ウォータースライダー？

出口に俺が放り出された時に、きっと悲鳴が上がる出来事が起こるぞ？

「二人乗りだから心配ねぇーよ、翔和」

「って言われてもなぁ……」

俺は隣にいる凛を見る。凛の大きな目が瞬《まばた》き、期待に胸を膨らませているようだった。

うわぁ……。めっちゃ目をキラキラと輝かせてるし……行きたそうだなぁ……。

うぅ。これは……断り辛い。

「翔和くんの心配もわかります。ですが大丈夫ですよ？」

「そうなのか……？」

「私がいますから、溺れるなど万が一のことはありません。しっかりと守ってみせます」

「ありがと……」

「いえいえ、任せてください」

男らしい！　つか……それ、普通は男が言うセリフだよなぁ……。

凛は親指をぐっと立て、自分の二の腕をポンポンと叩く。

うわぁ……めっちゃ、細い……。一見、頼りなさそうな身体つきなのに、何故《なぜ》か安心感があるんだよなぁ。これがリア神クオリティってやつなのか？

『安心、安全、完全無欠』がウリです！　みたいな。

「んじゃ、テンションあげていこうぜぇ〜!!」

「「おーっ！」」

「おー……」

テンションが高めな三人とげんなりとしたカナヅチ野郎。

俺をリードするように、凛は腕に抱きつきぐいぐいと引っ張ってくる。

そんな凛に思わず苦笑した。普段は丁寧なのに、こんなときは強引だなぁ……ったく。

すっきりとした青空を眺め、ふぅと息をはく。

灼熱《しゃくねつ》の地獄のような暑さがいつの間にか和らいでいて、気持ちの良い昼下がりに……

それはつまり、この時間の終わりが近づいていることを表していた。

……意外と楽しかったかもな。

「翔和くん、何かいいことでもありましたか？」

「別に何もないけど……どうして？」

「少し笑っているように見えたので」

「……気のせいだよ。俺はただ欠伸《あくび》をしていただけ」

「ふふっ。そうでしたか。では、そういう事にしておきましょう」

微笑《ほほえ》む凛に対して、俺は不機嫌そうにふんと鼻を鳴らした。

この後、しっかりとサポートされた俺は無事にウォータースライダーを終えることが出来たわけだが……。ただ、凛が俺をがっしりとホールドしていたため、ある意味無事ではなかった………とだけ言っておこう。

◇◇◇

「疲れたぁ……」

俺はだるくなった身体をほぐすように数回ゆっくりと肩を回す。

目の前を過ぎてゆく人たちも似たような感じで、背を伸ばしたり、大きな欠伸をしたりと同じように疲れているようだ。けど、疲れているにもかかわらず、どこか満足気でみんなの表情は明るかった。『遊びきった〜！』と今にも叫びそうな様子だ。

俺は、そんな様子をぼーっと眺め深く息をはく。

日は傾き始め、足元に落ちている影が心なしか長くなったようだ。

「しけた面してんな〜」

「冷たっ⁉」

俺の横からイケメンボイスが聞こえると同時に、首の辺りに冷たい物が押し当てられ身体がぴくっと震える。

不満を訴えるようにイケメン野郎を見ると、俺にペットボトルを差し出していた。

「ほら、これ飲めよ」

「ああ……さんきゅ……。でも、急に当てんなよ。びっくりするだろ？」

「ははっ！　わりぃわりぃ‼」

「ったく……」

悪びれる様子がまるでない健一にため息をつく。

相変わらずの爽やかなイケメンスマイル……。デジャヴではあるが、その笑顔につられて何人かの女性が振り向いていた。……やっぱ目を惹《ひ》くよなぁ。

本当に今日は周囲の視線が突き刺さる。

凛は〝女神様〟で健一は〝究極のイケメン野郎〟、藤さんは〝美少女〟……。

そして、俺は……〝金魚のフン〟……。

うん。よくこの面子《メンツ》と一緒にいて精神崩壊を起こさなかったな、俺。

普通だったら嫉妬で、苦虫を噛《か》み潰《つぶ》したような表情をするかもしれないが……純然たる事実を受け入れていると、全くそうはならない。

寧《むし》ろ『あーいつも通りね』と当たり前を通り越して、自然に……つまりは呼吸と同義になっている。

我ながら成長したもんだ。

「また、ぼけーっとしてんな～。つーか翔和、二人が来る前に……」

「うん？　もしかして〝今後の予定〟とか話す感じか？　確か、祭りに行くん――」

「エロトークに花を咲かせようぜ!!」

「……はい？」

突飛なことを言い出す健一に俺は呆《あき》れ顔《がお》をする。しかも、俺みたいな年齢＝彼女いない歴の奴《やつ》に話しても虚《むな》しくなるだけの話題じゃないか。

全てが想像。経験から基づくものなんて何もない。

「男同士の会話と言ったら、これしかねぇだろ？　沈みゆく夕日をバックに語り合う男達……………いや～、最高じゃん!!」

「話そうとしてる話題がゲスいけどな」

普通、夕日を背に語るって友情とか、そういう目に見えない曖昧なモノについてな気がするが……。

ってか、まだそこまで日は沈んでないし……。リア充の思考回路はわからないなぁ。

「んで、どうだったよ若宮は？」

「どうって……何が？」

「か〜っ！　惚けやがって〜。ほら、ウォータースライダーの時に後ろから抱きつかれただろ？　色々と感想を聞かせてくれよ！」

「あー……まぁ……別に」

いい匂いがして、背中に残る温《ぬく》もりは柔らかくて……。腰に抱きつかれた腕は、本当に細くて……。緊張で心臓がどうにかなりそうだったなんて……。

……こんなこと、言えるわけない。

「ふ〜ん。じゃあ、あれか？　何も意識してねぇーと？」

「……意識ぐらいするだろ。あんな状況じゃ……アホか」

「ははは！　ま、そうかそうか！　そりゃあそうだよなぁ〜」

「……笑うなよ」

健一は「翔和が正常な男でよかったぜ」と笑いながら言う。

腹を抱えて笑うほどか？　仕方ないだろ……健一と違って免疫がないんだから。

俺は「んっ！」と軽く咳払《せきばら》いをする。

そして、耐え切れないこの話題を変えることにした。丁度、言いたいこともあったしね。

「健一、今日はありがとな……色々とさ」

「うん～？　なんのことだ～？」

笑うのをやめて、涙を拭うと気の抜けたような声で健一は返事をした。

「ずっと、フォローしてくれてただろ？　変なことが起きないようにさ」

「…………」

俺の言葉に目を丸くし、黙り込む健一。

そして、「まいったな」と小さく呟《つぶや》き、気恥ずかしそうに頬《ほお》をぽりぽりと掻《か》いた。

「いやぁ～。まさか翔和に気がつかれているとはねぇ……。正直、驚いた」

「あそこまで露骨だと、流石《さすが》に気づくわ」

更衣室の出待ち。流れるプールの時。かき氷を買いに行ったときも……。ウォータースライダーのときなんて、変な奴が来ないように常に牽制《けんせい》した動きをしていた。

そう、プールでありがちなナンパ。いをさせてしまう。それが起こると、間違いなく凛や藤さんに不快な思いをさせてしまう。健一がいてもナンパしてくるかもしれなかった。

だって、そのぐらい声を掛けたくなる魅力的な美少女達だから……。

だから健一は、そうならないように、隙を与えないように……常に目を光らせていたのだろう。

はぁ。これだから、本当のイケメンは……。

清々《すがすが》しいほどに、マジでかっこいいじゃないか。

「そっか……。でも、前の翔和だったら気がつかなかったと思うぜ？」

「前ってなぁ………俺はあくまで俺。特に変わってねぇーよ」

「ま、そういうことにしておこうかな。ちなみに、琴音には言うなよ？　あいつ『それで、本当に健一は楽しんでるの？』って言い出すからさ」

「わかった。言わないよ」

「助かるわー」

同じタイミングでお互い目が合い思わず苦笑する。

「つーか健一、今日の無茶《むちゃ》振りのオンパレードはなんだったんだよ……。マジで困ったからな？」

「わりぃわりぃ。けどさ、ああでもしないと『どこで恩を返せばいいんだ』とか考えて、余計に動けなくなるだろ？　ま、翔和からしたら余計なお世話かもしれねぇーけど」

「うっ……」

図星だった。凛にいつも世話になっているから、〝どこかで何かしてあげたい〟とその気持ちはある。

ただ、何をすればいいかわからない。

「まぁ、ごちゃごちゃ考えるのもわかるけどよ。答えが見つからずに立ち止まるより、動いてみた方が見えてくることもあると思うぜ？」

「そっか……」

「恩をお金や物で解決しようとするなよ？　翔和の場合は難しいんだからさ」

「ひでぇな、おい」

確かに俺は金がないが……。

「翔和が出来ることといったら、若宮を笑顔にしてあげることじゃないか？　手段はなんでもいいけどよ」

「笑顔ね……。それだったら、誰でも出来そうだけど」

「誰でもは出来ねーよ。翔和の前だけだぜ？　若宮の喜怒哀楽がはっきりしてるのって」

確かに初めて見たリア神と今の印象は違う。

神々しくて近寄り難く、完璧過ぎて別次元に住む存在。

そんなことを思っていた。

けど、接してる内に……。

——意外と押しが強かったり。

——意外と苦手なことがあったり。

——意外と世間知らずなところがあったり。

知れば知るほど人間味があって……魅力的な人物であることは、疑いようがない。

自分に見せてくれる周りとは違った一面……。だから少なくとも〝ただの顔見知り〟ではない。そう判断は出来る……と思う。

ただそれ以上と安易に考えるほど、おめでたい頭ではない。

俺が考えごとをするように黙っていると健一は肩を竦《すく》め、ため息をついた。

「これをどう捉えるかは翔和次第……。色々と思うところがあることも、多少はわかっているつもりだよ。付き合いはなげぇーからな。だからさ……少しだけでも胸に留《とど》めといてくれ」

「ああ……」

チクリと痛む嫌な感覚に顔をしかめる。

そして、いつになく真面目な表情をした健一を見て嘆息した。

——五分後

「お、来たな」

走り寄ってくる二人の姿。俺らが出てからそんなに経《た》っていないと思うんだが……。

「あの……、お待たせしまして、すいません」

濡《ぬ》れたブロンドの髪が日の光に反射して、宝石のようにキラキラと輝いている。

水も滴るいい女という表現が正しいだろう。最低限の準備をして、慌てて出てきたのか化粧もしていないようだ。

「……凛、そんなに急がなくても。さすがに準備が間に合わないから……」

「ですが、待たせるのは悪いですし……」

「若宮～、男っていうのは〝待つのが仕事〟みたいなところがあるから、焦って出てこなくてもいいいんだぜ？」

「……そうなのですか？」

「……凛、だから言ったでしょ。男の子と違って、私達は色々と準備に時間がかかるから仕方ないことなの」

「……健一の前では少しでも可愛《かわい》くいたいんだから」と藤さんが小さく呟いた。

凛は、それに反応するように「ごめんなさい」と頭を下げる。

健一は照れ臭そうにして、藤さんの頭に手を置く。藤さんは甘えるような視線を健一に向けるとそのままぎゅっと抱きついた。

……頼むから、目の前でいちゃつかないでくれよ。と内心で愚痴を言う。

ちらっと凛を見ると、ニコニコと二人の様子を見つめていた。そうだ――

「凛、濡れたままだと風邪ひくぞ……。ほら、タオル」

「えっ、あ、はい……」

凛は俺の差し出したタオルを受け取ると、きょとんとした表情で何度も瞬《まばた》きした。

そんな彼女を見て、俺は首を傾《かし》げる。

「ん？　どうかしたのか？　あ……一応、まだ使ってないから汚れてないと思うんだが……」

「いえ！　そんなことは……」

「ならいいけど」

「……ありがとう、ございます。……翔和くん」

うっとりとしたような目で俺を少しだけ見ると、タオルに顔を埋《うず》め表情が見えなくなる。

ただ少しだけ見える彼女の耳は、まるで日焼けしたように赤く色づいていた。

「……健一。常盤木君ってああいう人？」

「まぁ、無自覚にあんなことをやる奴《やつ》だな」

「なんだよ……。含みのある言い方して……」

二人の何か言いたげな視線に耐え切れず、俺は天を仰ぐ。

雲ひとつない青空に、薄《う》っすらと茜色《あかねいろ》のカーテンがかかり始めていた。

第五話

何故か女神さまとの同棲生活が終わらないんだが

The cutest high-school girl is staying in my room.

プールというリア充達の楽園から生還した俺は、三日ほど筋肉痛に苦しめられた。

これは……まぁ仕方がない。普段から運動をせずになまけていたからね……。この痛みも今までのツケが回ってきたと思えば、諦めがつく。

それより問題なのが……、今回のプールにより俺の運動不足、そして運動神経のなさが露呈してしまったことである。だからあの日以来――

「翔和《とわ》くん。今日も運動をしましょう。適度な運動は、健康的な生活に不可欠です」

聞き慣れた抑揚のない平坦《へいたん》な声が俺の耳を通過する。

運動嫌いにとって、そのまま聞き流したいこの内容……。

そう、あの日をきっかけに凛《りん》のお節介魂に火がついてしまったのだ。

頭には〝熱血鬼コーチ〟と書かれた鉢巻を巻き、さらには運動を促す前に体操服姿へと着替えてからという徹底ぶりである。

まぁ凛は、形から入るタイプなんだろう。

手には『運動偏差値三十から六十への躍進』と書かれた本が握られているし……まさに気合十分といった様子だ。

これにより……。

——運動。

——勉強。

——食事。

生活の大半をリア神《がみ》に支援されている状態になってしまった。介護状態と言われてしまっても仕方ない状況だろう。

新しく俺の生活に加わってしまった『運動』という項目。

凛の鉢巻には〝熱血鬼コーチ〟と書かれているが……実際はそこまで熱血ってわけでも、『十キロ走れ!』みたいな強要をするわけでもない。

寧《むし》ろ、俺の状態などを考えた上での的確な指導をしてくれている。

休養も十分に取れるし、水が欲しいなと思ったタイミングで飲み物をくれるし、マッサージもしてくれるし……正直、至れり尽くせりだ。

何ひとつ文句はない。

けど——

俺は凛の呼びかけを無視するように寝たふりをしながら、凛がいるのとは反対の方向に寝返りを打った。凛の姿が見えるわけではないが、「翔和くん？」と言う声とともに背中に刺すような鋭い視線を感じる。

背筋がぞっとするが、無視を決め込む。献身的な提案をする美少女を無視するとはいかがなものかと言われてしまうかもしれない。

だがこれは、俺の精神衛生上……しょうがないんだ。

不満があるわけではないが、もう限界……。

「すー……すー……」

「……その寝息は無理がありますよ？　演技していると丸わかりです。呼吸のリズムが一定ではないですし、それに……」

凛が俺の手首を摑《つか》む。少しだけひやりとし、細い凛の指から体温が俺へと伝わってくる。摑まれた場所から徐々に熱が広がっていくようだ。

「翔和くん？　脈が速くなってますよ？　……いい加減、諦めてください」

「すー……」

「もう……仕方ないですね。けど……翔和くんがそういうことをするなら、私にも考えがありますから」

寝たふりを続行する往生際が悪い俺……。

そんな俺を見た凛のため息交じりの声が聞こえる。

凛の様子を薄目を開けて見ていると、凛は寝転がる俺の目の前に膝を抱える形で座り直した。

所謂《いわゆる》、体操座り……。しかも、少し動けばハーフパンツの隙間から何か見えてしまいそうな際どい位置だ……。

俺は、気まずさのあまりそこから目を逸《そ》らす。

すると、くすっと笑う声が聞こえ……その声が何故か耳元で聞こえた気がした。

微《かす》かに香る男を誘惑するような甘い匂いが、俺の嗅覚を刺激する。期待と不安の入り混じった奇妙な感覚のせいで、心臓がバクバクと激しい鼓動を繰り返し、なんだか息苦しい。

「翔和くん……？」

と耳元で囁《ささや》くリア神。吐息が耳に当たり、身体《からだ》が少しびくっと震えた。

「……………」

「早く起きないと悪戯《いたずら》しちゃいますよ？」

〝ふぅー〟と耳に息が吹きかけられ、俺はその場で飛び起きる。

ただ、慌てて起きたせいでバランスを崩しその場で尻餅をついてしまった。

しかも壁に頭をぶつけるというオマケ付きだ。

「大丈夫ですか？　その……よしよし」

「まぁ、大丈夫……。だから、撫《な》でなくていいから……」

『俺は子供かっ⁉』とツッコミを入れたくなるこの状況。

凛は俺の頭をまるで子供をあやすように優しく撫でてくれる。撫でなくていいと拒否したのにもかかわらず、どうやらやめる気はないらしい。流石《さすが》は、慈愛に満ちた女神様だ。

まぁ……でも頭をぶつけた要因を作った本人だけど……。

「おい、凛。さっきの行動は卑怯《ひきょう》じゃないか……？」

「ふふっ、一体何のことでしょうか？　私には何が卑怯かわかりません。それとも……何か意識することがありましたか？」

少しからかうような口調で惚《とぼ》け、そして微笑を浮かべた。

俺は「ったく」と悪態をつき、頭をぽりぽりと掻《か》く。

「……なんでもない。たぶん、俺の気のせいだ」

「気のせいならよかったです」

凛の『私は何もしていませんよ』と言いたげな澄ました表情に、俺は思わず苦笑する。

はぁ、いつも凛のペースに乗せられ、そして手のひらで踊らされているような気がするんだよなぁ……。いや、気がするんじゃなくて……間違いなくそうか……。

自分の単純な思考回路にがくっと肩を落とす。

「さて、始めましょうか。昨日と同じように手伝いますので、まずは柔軟体操からしましょう」

「ちょっと待ってくれ」

　凛は、俺の言葉に首を傾げる。

「えーっとだな……。今日の運動は一人でやろうと思うんだが……」

「まだ早いと思いますよ？」

「ここ何日か教えてもらったから……たぶん、大丈夫」

「素人の浅知恵は身体を悪くします」

「俺はもう立派なプロ……」

「有り得ませんので却下です」

　俺の抵抗は儚《はかな》くも散る。本当に一度言い出したら止まらないよね……。

　はぁ、困ったなぁ～。

「あの、翔和くん……そんなに嫌ですか？」

「……嫌ではない。凛が柔軟体操を手伝うために背中を押してくれるのは有難い…………」

　いや、やっぱり困るような……」

「むぅ……なんだかはっきりしないですね。何かあるなら言わないとわかりませんよ？」

「えっと……だな」

　俺がさっきから尻込みしている理由。それは柔軟体操の時に当たるからだ……。

　だから本当はここで『胸だよ胸!!　胸が当たって気が気じゃないんだよ！』と声を大に

して言いたい。が……当然、言えるわけない。

これを口にすれば『意識している』と認めることになってしまう。だから俺は——

「あのなぁ……。凛はもう少し、自分の魅力っていうのを理解しとけ。誰にでもそんな距離感でいると、いつかは勘違いを増長させることになるからな」

と、あたかも嫌がっているような素振りを見せて、彼女に苦言を呈することしか出来ない。


俺と凛の曖昧な距離感。

今にも壊れてしまいそうな、いびつな薄い壁……それが凛との距離だ。

手を伸ばせば届く。詰めようと思えば詰めれてしまう。

俺をそうさせないのは、意地と戒め……ただ、それだけだ。

そんな俺の気持ちなんて知りもしない凛は、俺に微笑《ほほえ》む。

「安心して下さい。誰にもはしませんよ。こんなことするのは、翔和くんだけ……です」

凛は俺の気持ちを乱す言葉を平然と口にする。

離しても、すぐに詰められ。また離しても、即座に元通り。

まるでイタチごっこだ。

俺は、玄関に置いてある一本の傘を見て唇を嚙《か》む。そして目を閉じ、大きく息をはいた。

人は、いずれは飽きる。それは物と同じだ。

そう、気持ちなんてそんなモノ……形もなければ何もない。

存在も確認することは出来ない。だからこそ——いつかは消えてゆく。

これを自分の心に刻むように、頭の中で何度も言い聞かせる。

けど今は……。いつか飽きられるその時までは……。

「仕方ないな。もう好きにしてくれ……」

肩を竦《すく》め嘆息する。凛はそんな俺を優しい眼差《まなざ》しで、ただ見つめていた。

◇◇◇

唐突だが、みんなは『一度は言われてみたい台詞《せりふ》』というのはあるだろうか？

おそらく、大半の人がこの質問をされたときに『ある』と答えることだろう。

『かっこいい』『イケメン』と容姿を褒める言葉。シチュエーションで言うのであれば、
終電間際の電車で……『今日は帰りたくないの』みたいなことが例として挙げられる。

ただ残念なことに、こんな台詞を言われるのは一部の人間だけだ。

そう健一《けんいち》のように容姿が優れた完璧野郎とかね。

まぁ、お世辞で言われることもあるだろう。

その他に考えられるとしたら、嘲笑する対象として俺みたいな奴《やつ》が言われるぐらい……。

うん……考えると悲しくなる事実だ。

さっきのシチュエーションだって精々、終電間際の駅のホームでイチャイチャするようなリア充オーラ出しまくり迷惑カップルとかぐらいだし。

だから本来、俺には縁のない話の筈《はず》なのだが……。

「ご飯にしますか？　お風呂にしますか？　それとも――」

俺の目の前には、顔を赤らめ少しもじもじするリア神の姿。

この後に続く台詞は決まっている……『私にしますか？』だ。

ど定番ではあるものの〝言われてみたい台詞〟の上位に位置するこの言葉。それをいざ言われると、胸が高鳴りドキリとしてしまう。

決まり文句のようなこの問いをまさか自分が聞かれる立場になるとは……。

俺も、一応は健全な男子高校生。興味がないと言えば嘘《うそ》になる……。

学園の女神様と名高い美少女が俺の家に入り浸り、さらには学校で見たことのないような隙だらけで……無防備で………。

そんな姿を連日見せられ続けているのだ。そのせいで、俺の理性と本能のせめぎ合いは苛烈を極め……終始、心を搔き乱している。

あー、正直辛《つら》い。顔が自然と火照るし、嫌になるよ。

けど俺は、こんな状況でも雰囲気に流されていない。

こんな俺の姿を見た人は『馬鹿じゃないの？』や『誘われてるみたいだから乗ってしまえば？』とか『はぁ？　チキンかお前？』みたいなことを言ってくることだろう。

――だが、考えてみて欲しい。

古今東西、世の中は危険な罠《わな》で溢《あふ》れ返っている。

色仕掛けに遭う人……。それによるスキャンダル……。

そう、人生は何が起こるかわからない。

だからこそ細心の注意を払い、物事を考えなければならないのだ。

俺は緩みそうになる頬《ほお》を抓《つね》り、顔を引き締める。そして、真剣な目で凛を見た。

だが――

「英単語百個にしますか？」

……残念ながらお約束はなかった。

うん。凛のことだから、なんとなくそんな気はしてたんだけどね……。

「…………………」

俺と凛の間をなんとも言えない微妙な空気が流れる。歯車が嚙《か》み合わない。そんな感じだ。

その空気を察したのか、凛が難しい表情をした。

「何かおかしかったですか？　なんだか、物凄《ものすご》くガッカリしたように見受けられたのですが……」

「なんでもない……。ただ、現実は残酷だなと思っただけだよ……」

「私にはよくわかりませんが……。翔和くんがやるべきことは、先程提示した選択肢から一つを選ぶことですよね？」

「……うん、まぁ……確かに」

確かに間違ってはいない。時間的には夜だし。

ご飯、お風呂、勉強の選択肢しかないのはわかる。いつもだったら、勉強を教えてもらっている時間だしね。

だから………悲しくはない‼　ただ虚無感に襲われているだけだ！

「えっと……その、ハンカチいります？　やはり、悲しそうです」

「いらねぇよ！　つか、なんだその可哀想《かわいそう》な人を見る目はっ‼」

申し訳なさそうにハンカチを差し出されると、逆に悲しくなるわ……。

ってか、前にもこの流れがあったような……。

「では、どれにしますか？」

「普通に腹減ったから……ご飯で」

「わかりました。では、英単語はお食事の後にしましょう」

「へいへい」

単語百個って結構辛いからな？

一日で完璧に暗記って俺の頭では、ほぼほぼ無理だし……。まぁでもこれを続けてたから、少しずつ長文とかが読めるようになってきたのは事実なんだよなぁ。

ただの丸暗記ではなくて、豆知識や理屈を絡めて教えてくれるから頭に入り易《やす》いんだよね。発音もめっちゃ綺麗《きれい》だし……。

最早《もはや》、先生より立派な先生だよ。

「――翔和くん？」

凛は前屈《まえかが》みになり、俺の顔を覗《のぞ》き込む。ライトブルーのワンピースが少し弛《たる》み、彼女の胸元が視界に映り込んできた。

俺はすぐに目を逸《そ》らし、誤魔化《ごまか》すように大きな欠伸《あくび》をする。

「ふわぁ～……。マジで、びっくりした……。急に前に現れないでくれよ」

「さっきから前にいましたよ……。それに何度も名前を呼びましたし」

「あーマジか……その、わりぃわりぃ。ちょっとぼーっとしてた」

「何か考えごとでも？」

「ま、そんな感じ。勉強のことを考えてたわー」

嘘は言っていない。

それなのに……さっきの光景が頭から離れず、演技っぽい口調で言ってしまった。

凛の視線が鋭くなり、何かを疑うような目つきに変わる。

ただ、どことなく心配そうな表情にも見えた。

「なんだか怪しいです……。何か、隠していませんか？」

「いや、そんなことは……」

俺の歯切れの悪さに疑いの目がさらに濃くなった。気分的には、浮気を疑われる男の心情といったところか……。

凛は俺の前に座り、その大きな瞳でじっと見つめてくる。

そして何かに気がついたのか、はっとすると慌てたように手を伸ばしてきた。

「もしかして、熱でもあるのでしょうか？　顔もなんだか赤いですし……」

「いや、それは……違うと思う、ぞ……？」

「本当ですか？　翔和くんは、変に意地を張って痩せ我慢することがあるので……。ちょっと、確かめさせてください」

凛はそう言うと、伸ばした手を俺の額に当てた。

顔が近いな、おい……。

「……これだとわかり辛いですね。では――」

凛の顔が俺の顔に近づいて…………えっ？

俺は寸前のところで凛の肩を摑《つか》み引き離す。

焦りまくる俺とは裏腹に、凛は『どうしてですか？』と言いたげな表情で小首を傾《かし》げ、目を何度も瞬《まばた》かせた。

「ちょっと待て!!　『では』って何をする気なんだよ!?」

「何って言われましても……。その、おでことおでこで〝こつーん〟としようかと……」

「〝こつーん〟って……」

凛が自分の前髪をめくり、おでこを俺に見せつけてきた。

普段は前髪を下ろしているだけに、見慣れない新鮮な姿が妙に心へ突き刺さるものがある。

それにしても……綺麗なおでこだなぁ。高校生って〝肌荒れ〟や〝にきび〟とかを見られるのが嫌でおでこを隠したりするらしいけど……。

だがリア神には、そんな痕が一つもない。細部にわたって完璧である。

「私のおでこ……何か変ですか？　じーっと見ていますけど？」

「い、いや！　ただ単にぼーっとしてただけだ……特に他意はない」

「そうでしたか」

「ってか、おでこで計るって……。普通に体温計とかでよくないか？」

「体温計より正確で早さには自信があります」

「何、その無駄な特技は……」

リア神の能力は文明の利器も凌駕《りょうが》するの？　それだと最早、人ではない何かな気が……。

あ、でもそういうの含めて〝神〟扱いなのか。なんか改めて納得してしまうよ……。

「だから動かないでじっとしてくださいね」

「マジでやるの……？」

「勿論《もちろん》です」

頭を手でしっかりと押さえられ、動かないように固定される。

そして、ゆっくりと近づいてくる凛の顔を見ないようにぎゅっと目を閉じた。

……しまったなぁ。

俺は目を閉じるという行為を選んでしまったことに頭を悩ませた。

もし時が戻せるなら、こんな愚かな選択などしなかったのに……。

人っていうのは不思議な生物で目を閉じると、他の器官が見えなくなった分を補うように感覚が鋭敏になってゆくのだ。だから——

凛から感じる熱。呼吸音。微《かす》かに当たる吐息。匂い。

それらを残さず拾い上げ、俺に届けに来てしまう。目を開けていた方が、ましだったのかもしれないと思えるほど……いつも以上にこの状況はよくない。

硬めの感触があるし、おそらく額にはもう当てているのだろう。

だから、目を開けることはもう出来ない。

俺に出来ることは、この時間が過ぎ去るのをただ座して待つだけ…………うん？

なんかやけに熱くない……か？　まるで湯たんぽを頭に付けられたような違和感。

もしかして悪戯《いたずら》か？　だったら、この熱も納得なんだが……。

俺は、薄目を開けて凛を見る。

すると微かな視界に飛び込んできたのは、顔をトマトのように真っ赤に染めた凛の姿だった。

「……なぁ、逆に凛の方が熱っぽくない……か？」

俺の言葉により一層、顔を赤くした凛は膝を抱えて顔を伏せてしまった。

そして――

「うぅ……。今の私には、まだハードルが高かったようです……」

と小さな声で呟《つぶや》いた。

妙にしおらしくなる凛の姿を目の当たりにして、俺は思わず苦笑する。

少し顔を上げた凛と目が合うと、お互いに顔を背けてしまった。

ったく、らしくない反応するなよな……。俺はなんだか急に気恥ずかしくなり天を仰ぐ。

そして、顔の火照りを誤魔化すようにぽりぽりと頬を掻《か》いた。

◇◇◇

さっきまで顔を紅潮させていた凛は、いつもの調子で何事もなかったように食卓に料理を並べている。

相変わらず切り替えが早いようだが、薄《う》っすらと耳が赤いのは気のせいだろうか？

ちなみに俺はまだ顔の火照りがとれない。

だから扇風機の前に座り、扇風機に向かって「あ〜」と声を出していた。

この行動にたいした意味なんてない。ただ単純に、気が紛れるからやっているだけである。

つまりは……現実逃避。恥ずかしさを紛らわしているに過ぎない。

「翔和くん、準備が出来ましたよ」

「あ〜……」

「現実逃避はそのぐらいにして、こちらに来てください」

「的確に俺の心を読むなよ……」

俺は嘆息し、食卓に目を落とす。

食卓には、食欲を掻き立てるような料理の数々が綺麗に並べられていた。

決して豪華な料理ではない。だが、漂ってくる匂いが胃を直接刺激し、降参するように『ぐぅ……』と情けない声をあげてしまっている。

よく、こんなに作れるなぁ……。見る度に感心してしまうよ。

料理はメニューを考えるのが大変と言うが……よくもまぁネタが尽きないものだ。

ちなみに今日は〝ニジマスのホイル焼き〟をメインとした和食である。

なんでも、買い物をしている時に商店街の魚屋さんが『余ったから』と譲ってくれたらしい。

凛は買い物に行くたびに色々と貰《もら》ってくるから……最早、商店街では有名人なのだろう。

……もしかしたら商店街の女神様とか言われてそうだなぁ。目を惹《ひ》く見た目をしているから、そうなっていてもおかしくはないね……。

「翔和くん？　何か苦手な食べ物でもありましたか？」

「うん？　いや、ないけど。……そう見えた？」

「はい。少し呆《ほう》けているように見えたので……」

「あー悪い、そういうことか。ただ、ぼーっとしてただけだよ」

「それならいいのですが……もし苦手な食べ物があったら言ってくださいね？」

「はいよ」

「せっかくの機会なので、翔和くんの苦手な食べ物を聞いてもいいですか？　今後の参考にしたいですし」

「今後の参考……か」

凛が真剣な目で俺を見る。

あー、もしかしてこの流れは……。

脳裏を駆け巡るのは、今までの凛とのやりとり。それを思い返すと、この後の展開は容易に想像出来てしまう。きっと凛のことだから、勉強と同じできっとどうにかしようとすることだろう。例えば――

『好き嫌いはいけません。何事も挑戦してこそ、未来が開かれるのですっ!! 歯を食いしばって食べてください!』

みたいな……。俺の中でリア神らしくない、妙に熱い姿が脳内再生される。

普段からは想像出来ないことを思い浮かべたせいで、その凛の姿に思わず笑ってしまった。

これはこれでレアな姿だが――まぁ、有り得ないか。

俺が脳内で自己解決していると、凛は澄んだ瞳で俺の目をじーっと見ていた。

「あの……何か私におかしなことがありましたか?」

「いや、そうじゃないよ」

「では……?」

「大したことじゃないんだけど、この後のことを予想したら笑っちゃってさ」

またさっきのことが脳裏を過《よ》ぎり、思い出し笑いをしてしまう。

それを見た凛はちょっとだけ不満げな表情をした。

「翔和くんのことですから、ものすごーく残念な予想をしている気がします」

「信用ねぇーな、俺。これでも察しのいい方だぞ？」

「はぁ……」

凛の肩が下がり口からはため息が漏れ出る。嘆いているような、呆《あき》れているような……まぁ、そんな感じだ。

ってか、反論よりため息をつかれる方がなんか悲しいんだが……。

「しょうがない。そんなに信用がないなら、俺が凛の意図を当ててみようか？」

「期待はしていませんが……どうぞ」

あー、全く期待されていないね、これ……。

「そうだな、無難に考えて……。苦手を無理矢理《むりやり》にでも克服するために食べろとか？」

「違います」

――違ったらしい。

ってか、食い気味で否定されたんだが……。ここは、あえて変化球を入れてみるか。

「罰ゲーム的な……？」

「凛が作る料理はなんでも美味《おい》しいから、好き嫌いとか関係なく食べれそうだけどな〜」

「口煩《うるさ》い小姑《こじゅうと》とか思われていたらどうしましょう」と呟くリア神。芸を失敗して落ち込む犬のように、しゅんとなってしまった。

「翔和くんから見て私がどう見えているのか……本格的に心配になってきました……」

「違うのかぁ〜」

「違います！」


と、俺は慌てて凛をフォローする言葉を口にした。

実際、凛が作る料理は美味しい。今まで少し苦手としていた物も気にならない程だ。

だから今、食べ物の好き嫌いはない。凛が提供してくれる料理だったら何でも美味しく食べれてしまう………って、そう考えると……なんだか照れてくるな。

俺の態度が嬉《うれ》しかったのか、凛はパァーッと明るい表情となり顔が綻んだ。

「ふふっ、本当ですか？」

「嘘《うそ》なんか言わねーよ」

「えへへ〜、そう言っていただけると嬉しいです。これはまた料理を頑張らないといけないですね」

「じゃあ楽しみにしとく」

「任せてください！　これからもずっと、腕によりをかけて作りますね」

「ああ、ありがと……」

ずっとを強調していた気がするが……まぁいいか。考えても仕方ない。

「そういえば、凛はどうして苦手な食べ物を知りたかったんだ？」

「そんなの決まっていますよ」

「うん？」

「翔和くんだから知りたいのです」

「え……」

突然の不意打ちに言葉が詰まる。

あー、くそ……。

『そんな真っ直《ます》ぐに伝えるなよ……』と内心で悪態をつき、唇を噛《か》んだ。

「あ、あのなぁ……俺を知ってもなんもないし、つまらないぞ？」

「それは私が決めることです。だから——」

凛は食卓を挟んで俺の正面に座り直す。

そして少し俯《うつむ》くと、上目遣いの甘えるような表情をした。

「これからも……色々と教えて下さいね？」

ＴＰＯによっては、男をドキッとさせるこの言葉。

俺は、動揺しそうになる自分をぐっと堪《こら》え、目の前のお茶を伏し目がちにする。

それから「俺に出来る範囲なら……」と小さく呟いた。

◇◇◇

——生活の違いは食べ方にも出る。

テーブルマナーはもちろんのことだが、料理についても同様だ。

例えば、ラーメンを食べた時にスープまで飲む派と飲まない派とか。鳥の手羽先を食べた時に軟骨の部分を食べるか否か……。

そう、こんな風に育ってきた環境が露骨に出るのが〝食〟である。

そして価値観の違いから最も喧嘩《けんか》が発生しやすい。例えば——

『普通はそれ食べるだろ？』

『あなたにとって普通でも、私には違うから！　おかしいんじゃない⁉』

『はぁ⁉　そんな言い方はないだろ！』

みたいなやりとりの結果、喧嘩に至るというわけだ。

だがこの問題は、どちらかが寛容であればそもそも喧嘩に至ることはない。つまりは、生活観の違いを受け入れる自分自身の度量次第だ。

これはあくまで俺の独断と偏見ではあるが……。

まぁ、幸いなことに凛はこういった些細《ささい》な違いで怒ることはない。

凛が俺に対して言うことは「残さず食べましょう」とか「そこは食べられますよ？　ただ、無理にとは言いません」という内容ぐらいだ。

後は、お節介ぐらいだろう。そう今みたいにね……。

「私が綺麗《きれい》にして差し上げますね」

「……すまん。そこまでやらせてしまって……」

「いえいえ。喉に刺さると危ないですし、慣れていないと難しいですから私に任せて下さい」

さっきまで見るも無残な姿だった魚が、凛により手際よく解体されてゆく。

俺はそのビフォーアフター具合をぼーっと眺めていた。

小骨も丁寧に取り除かれているし、動きに無駄がないなぁ〜。

ちなみに凛が食べ終えた魚はというと、『骨の標本』として飾れそうなぐらい綺麗な見た目をしている。

俺のとは大違いだ。そもそも魚の綺麗な食べ方とか知らないから無理もないけど。

これが生活の違いか……。悲しくなるな、この格差……。

「翔和くん、お待たせいたしました。どうぞ、召しあがり下さい」

「ああ、さんきゅ……。世話になりっぱなしで悪いな――」

俺が手を伸ばして皿を受け取ろうとしたところ、寸前のところで凛が何故《なぜ》か皿を引き下げる。怪訝《けげん》な顔をして表情を窺《うかが》うと凛はにこりと微笑を浮かべた。

「凛、なんで取り上げるんだ……？」

「特に深い意味はないのですが。この際、最後までお世話をしようかと」

「うん？　世話？」

凛は、箸で魚の身をひと摑《つか》みするとそれを俺の口元に持ってきた。

俺の向かい側から手を伸ばしているせいか、腕がぷるぷると震えている。

無理しているところが可愛《かわい》らしいな……。

「なぁ。もしかして……食べさせようとしてる？」

「それ以外、何に見えますか？」

「いや、見えないけど……。でも、腕が疲れるだろうし、やり辛《づら》いだろ？」

「なるほど……。確かに言われてみれば、その通りですね」

「だろ？　だから普通に自分で食べるよ。まぁ提案は、有難い話だけどさ」

俺は再び魚に手を伸ばすが、皿を持ち上げた凛のせいでまたしても空を切ってしまう。

「おい……」

不服を訴えるような目を凛に向ける。

凛はそんな俺の視線を気にした様子はなく、その場から立ち上がった。

そして、俺の真横に流れるように移動すると寄り添う形で腰を下ろす。

「これなら問題ないですよね？　さぁ、お口を開けて『あーん』としてください」

「え、えっと、だな。一旦、落ち着こうか凛……」

「私はいつでも冷静です。ですので……はい、あーん」

このまま勢いに負けていいのだろうか？

学校でこんなやり取りをする男女を見かけたことは何度かある。男女の仲良しグループのノリとしてやることもあるみたいだが、大抵はカップルのイチャつき行為の一環だ。

しかし今回、俺と凛の二人っきりという状況。妙に気恥ずかしいムードがあり、男女の雰囲気というのを余計に助長させてしまう。

これが衆人環視の場だったら『常盤木《ときわぎ》に餌付けしてる』ぐらいの認識で済んだかもしれない。

だが、この場は凛と俺だけ……。やってもらっても恥ずかしさで辛いし。断っても気まずくなるだろうし。

はぁ……どっちが正解なんだよ。

「翔和くん。食べないのですか？」

「……今、脳内会議中だ」

「あんまり長いと冷めてしまいますよ？」

「会議は大荒れだから長引くかもしれない……」

「ふふっ。そうですか」

　凛は小さく笑う。そして何か思うことがあるのか、箸をじーっと見つめた。

　なんだろう……。

　非常に嫌な胸騒ぎを感じるんだが……。

「では、私がこのまま頂きますね」

「待て！」

　俺は咄嗟《とっさ》に凛の腕を掴み、食べようとする手を止める。

　掴んだ拍子に魚が皿の上にぽたっと落ちた。

「それ……俺の箸だよな？」

「そうですけど、何か気になることでもありましたか？」

「い、いや……別に。どうでもいいことかもしれないが……」

「でしたら気にする必要はないですね」

「まぁ……」

　気にする必要はある！　大アリだ！　それは声を大にして言いたい。

　だってあの箸は、俺がさっきまで使っていた物だ。

それを凛が口に入れるということは……間接キスということになってしまう。

凛は気がついていないのか？　それとも、気にしていないのか？

それはわからない。

リア充の神のことだ。この手のことは慣れっこという線もある。

だけど……少しぐらい気にしてくれてもいいと思うんだけどなぁ。

もしかして、俺が気にし過ぎなのか……？　だったら――

「わかったよ、凛。もう好きに食べてくれ」

「え……あれ？」

「気にしなくていいよ。俺の分までバクバク食べてくれ」

「いいのですか……？　本当に食べますよ……？」

「ああ。好きにしちゃって」

「わかりました……」

語尾へ近くにつれて声が小さくなる凛に首を傾《かし》げる。

……どうしたんだ？

凛は、目を閉じで深呼吸を繰り返す。そして大きな目で箸を捉えると、意を決するように口を開いた。

しかし、自分の口に魚を入れる直前何故か急に手が止まる。

途端、みるみる顔を真っ赤にして燃えるように上気していった。

「おーい……凛？　その……大丈夫？」

「うぅ……。やっぱり……翔和くんが食べて……くれませんか？」

「あ、うん……そうするよ」

「……すみません」

「つか、恥ずかしいなら最初からやるなよな……」

「それなら最初から食べてください……。『あーん』って言うの、意外と恥ずかしいのですよ？」

「言われる方も恥ずかしいからな……」

「「…………………」」

俺と凛は無言で見つめ合う。

そして無言のまま箸で摑むと、再び魚の身を俺の口元に寄せた。

「……食べればいいのか？」

凛は小さく頷《うなず》くと、今にも泣き出しそうな顔で「どうぞ……」と口にする。

普段の凛々《りり》しい姿は微塵《みじん》もない。

はぁ……なんだよ、今日は……。いつもの凛と違うと……調子狂うんだよなぁ。

俺は、差し出された物を素直に食べる。

するとは凛は、はにかむように微笑《ほほえ》んだ。魅力的な笑みを浮かべる凛の顔を直視出来ず、俺は目を伏せる。

そして、この空気をどうにかしようと、俺はふと思い出した疑問を口にした。

「そういえば、凛の両親はいつになったら戻ってくるんだ？」

凛は両手に持ったお茶を上品に飲む。そのお茶を食卓に置くと、ふぅと小さく息を吐いた。

「いつでしょう？」

「『いつでしょう？』って……。あれから一週間は経《た》ってるからな……」

「もう一週間ですか……。時間というのはあっという間に過ぎるものですね。やはり、楽しい時間だからそう感じるのでしょうか？」

「楽しい時間ね……。ってか凛、他人の家だと疲れるとか気を遣うとかあるだろ？　帰りたいとか思わないの？」

「全く思わないですよ」

凛は小首を傾げきょとんとした。

そんな『何を言ってるのでしょう』みたいな表情をするなよ……。

俺の常識がおかしいのではないか？　って思うだろ……。

「そっか……。まぁ、この状況に不満がないならいいんだけどさ」

そう、リサさんから凜を預かって一週間が経っていた。

子供を放《ほ》ったらかして一週間の旅行とは……。まぁ、今時の親はこうなのかもしれないけど。

お土産を買ってるあたり、一応は気にかけていることが窺えるしね……。

俺は、目の前に置いてある大きめの箱を見てため息をつく。

この箱は、食事前に届いたリサさんからのお土産だ。中には、産地特産の物が色々と入っている……………らしい。

なんでこんな濁した表現をしたのか。

それは単純に中身を見ていないからである。

だから、産地特産が云々《うんぬん》は凜が言っていただけで確認はしていない。と言うのも、凜が『この整理は、私に任せてください』と言って見せてくれないのだ。

こっそりと覗《のぞ》こうとしてもすぐに制されてしまうし。

けど、ここまで見せてくれないと逆に中身が気になってくるんだよなぁ。駄目と言われると余計に気になるのは、人間の困った性質《たち》だ。

ま、見ないけどね。

あの箱を見てから凜の調子がさっきみたいに変だし……。なんとなくだが、見てはいけない気がする。

「不満なんてあるわけないです。泊めていただいて嬉《うれ》しい限りですし……正直、わくわくしています」

「そうなのね……」

わくわくって……。あれか？　小学生が林間学校とかで無駄にテンションが上がるみたいな感じなのか？　それか、リア充特有の『今日はオールでしょ!!』みたいなノリの一環？

……どちらにせよ、俺にはないな。

わくわくとか皆無だし……。寧《むし》ろ、心臓に悪過ぎる毎日だわ。

「あー……けど、凛。男の家に外泊って世間体的によくないよな？　まぁこれを言うのは、今更な気もするけど……」

「確かに……言われてみればそうかもしれませんね」

「だろ？」

まだ高一の若い男女が……っていうのがよくない。世間の目に俺と凛がどう映っているのか、それを想像することは容易だろう。間違いなく好意的な目はない筈《はず》だ。

俺は頬杖《ほおづえ》をつき、嘆息した。

そんな俺の様子を見て凛は、箸を箸置きに丁寧に置く。

そして、くるりとこちらを向くと綺麗《きれい》な姿勢を保ちながら優しく笑った。

「ですが翔和くん。私は気にしませんよ」

相変わらず澄んだ声。その声には言い淀《よど》みも、迷いも、全く感じられない。

『本気でそう思ってる』。それがわかるには十分な声だった。

「以前にもお伝えした通り、自分で決めています。周りから何か言われようとも、自分の意志を曲げるつもりはありません」

「言ってたな……そういえば……」

「勿論《もちろん》、翔和くんが『そういうのは困る。やめてくれ』ってことでしたら、考える余地はありますが…………。どうですか？」

「特にないな、それは。感謝しかないし……」

「ふふっ。そう言っていただけると嬉《うれ》しいです」

そう言うと凛が満足そうな表情で俺をじっと見つめ、差し出すように頭を傾ける。

まるで『撫《な》でてください』と言いたげな様子だ。

正直……可愛《かわい》い。

だが、俺はそんな凛の可愛らしい仕草に耐え切れず、水を口に含みわざと咽《む》せた。

苦しそうにゴホゴホと咳《せ》き込む俺を凛はジト目で見ている。

流石《さすが》に演技くさかったか……。

「な、なぁ凛……。旅行に行くとリサさんって、いつもこんな感じなの？」

なんとも言えない空気に耐え切れず、俺は話題を変える。

凛はため息をつくと「そうですね。大体こんな感じです」と少しむくれたように言った。

「え、えっーとさ。置いて行かれて寂しいとかはないのか？」

「ないですね。私のお母さんを見ていただいたので、なんとなくわかるかもしれませんが……。その、大変マイペースで自由奔放でして……」

「あー、確かに。ってことは、常習化してるのね……」

「普段はついて行くことが多いのですよ？　ただ、仲が良さそうにしている二人を見ているとこちらまで幸せな気分になるので……。今回は、この機会に羽を伸ばして来ていただこうかと……」

「なるほどなぁ。両親からしたら出来た子だよね、凛は」

「恐縮です……」

自由奔放な親。そんな親だからこそ、凛がしっかりとした人間になったのかもしれない。元々の性格という可能性もあるが……、ま、育った環境というのが大きな要因だろう。

こんな人間に俺はなれないなぁ。

「でもその分、翔和くんにはご迷惑をおかけしてますので……。その、ごめんなさい……」

「別に気にしなくていいよ。困ったときはお互い様だし。それに、親の都合に巻き込まれるのは子供の宿命だから仕方ないさ」

「ですが、いつまでもこの生活というのは……。その、ずっと入り浸っていますし……迷惑ですよね？」

「いや、全然」

三食ご飯付き、住み込み家庭教師、家事全般から何でもこなせる万能っぷり。

普通に雇っていたら、我が家は破産するレベル。

これを迷惑と言ったら罰当たりだろう。

「凛の気が済むまでいればいいよ。気にせず飽きるまでいればいいし」

俺の言葉に反応した凛は大きな瞳を丸くし、その目はキラキラと輝いているように見えた。

「いいのですか……？　そんなこと言われたら、お言葉に甘えちゃいますよ？」

「あー、まぁ……。けど、さすがに限度はあるからな？」

凛は『うーん』と眉間にしわを寄せ悩む素振りをみせる。

「では〝夏休み中〟というのは駄目ですか？」

「そうだなぁ……。ま、それくらいなら好きにしてくれ」

「ありがとうございますっ！」

子供のように無邪気に喜ぶ凛を見ると、心臓を鷲掴《わしづか》みにされたような気がして息がつまる。

——自分で期限を決めれないのはただの甘え。

けど、この方が楽なんだよ。

判断を相手に委ねる方が……気持ち的にも楽なんだ。

そう、その方が後腐れない。

「これで翔和くんの介——いえ、お世話がし易《やす》くなりますね」

「おい、ちょっと待て。今、聞き捨てならない言葉を言いかけなかったか？」

「気のせいではないでしょうか？」

凛は、あたかも『私は何も言っていません』と言っているような澄まし顔をする。

これがポーカーフェイス……。

そんな凛を見て、俺は思わず苦笑した。

「お世話と言えば……一つ気になったのですが、翔和くんと加藤《かとう》さんって付き合いが長いのですか？」

「うん？　どうした突然？」

「以前、家でお会いした時も掃除道具を持ってきていましたし、翔和くんの家に何度も足を運んでいるようでしたから」

「あー、なるほど……。そういうことか」

確か中三の……去年の今頃ぐらいからだったか？

健一は凛が来る前まで、たまに来てはゴミ出しや掃除をしてくれていた。

他にはコンビニのおにぎりをくれたり……。けどこれは、

「単純に健一の面倒見がいいだけじゃないか？」

「確かに、それはおっしゃる通りですが……」

「だろ？」

俺はお茶を啜《すす》り、何やら腑《ふ》に落ちない様子の凛を横目で見る。

「でも翔和くんと話している時、楽しそうですよ？」

「う〜ん。ま、顔見知り期間は長いから、それなりに話すけど。今ぐらい話すようになったのは去年からだしなぁ」

「去年と言いますと中学生の時ですよね……？　何かきっかけがあったのでしょうか？」

「いや、俺には思い当たることがないな……」

健一は賑《にぎ》やかなリア充達の中心人物。

喩《たと》えるなら、男版リア神といったところだろう。欠点という欠点はまるでない。

面倒見がいいし、誰にでも分け隔てなく接することが出来る……そんな人物だ。

まぁ、だから俺のような奴《やつ》にも普通に接してるのかもしれない。

クラスで浮いている俺が放っておけないとかね。

だから、何故《なぜ》こうなったのか俺にもわからない。……考えても、覚えていないから仕方ないことだけど。

「……そうだ。凛の方こそどうなんだ？」

「どう？　と言いますと？」

可愛らしく小首を傾《かし》げ、俺の顔を見上げてきた。

「学校ではいろんな奴と話してるだろうけど。一番、仲がいいのは藤《ふじ》さんだろ？　いつからの付き合いなのかなぁ～って思って」

「そうですね。琴音《ことね》ちゃんとは幼馴染《おさななじみ》ですから、物心ついたときには一緒にいましたよ？」

「へぇ～。それは初耳だなぁ」

「親同士が仲良しですからね。家族ぐるみで旅行に行くこともあるぐらいです」

「んじゃ、凛にとって藤さんは一番の〝良い親友〟ってわけね」

〝良い親友〟という言葉を発した途端、凛は顔をしかめた。

俺は首を傾げ、凛の顔を真《ま》っ直《す》ぐに見つめる。

「なんか、変なこと言ったか……？」

「いえ、ただ思うことがありまして……」

「それは親友ってところに？」

「はい。親友と言える人物というのは、いつの間にかいる存在で『私達、友達だよね？』

と確認する必要はないと思っています。ただ、敢《あ》えて言葉にするのであれば、〝親友〟と言えますけど」

「えーっと、普通に友達とか親友って言っていいんじゃないの？」

「そうですね……。そうやって言うことは決して悪いことではないと思います。ただ私は、〝友達〟や〝親友〟という存在を口にしてしまうと、なんだか薄っぺらい上辺だけの関係に見えてしまうので……正直なところ好きではないのです」

「上辺だけ……か」

「はい。こういう関係って形としては見えないものですから、言葉よりは〝感じる〟。つまりは感覚的なものに近いと思います」

「なるほどなぁ」

「だからこそ……見えないから、わからないから不安にもなりますし、その不安を共有・解消したいからこそ『私達、友達だよね？』という確認行為が行われるのかもしれません」

「……それはよくわかるな……本当に」

今までの生活で〝友達〟と自信を持って言える人物はいるか？

俺の答えは『ノー』だ。

元々、話す奴も少ないが……話したことある奴をそのまま〝友達〟と言えるかと言われたら……当然、言えない。

相手の気持ちなんてわからないし。考えなんてわかるわけがない。

言葉に出して〝友達〟と言ったことが真実である証拠なんてどこにもない。

言葉は所詮、言った言わないの水掛け論にしかならないのだ。

「これはあくまで私の考えです。実際は聞かないとわからないことも多いですし……。ただ、『聞いてしまうのが怖い』『聞かないのも怖い』という葛藤は常に付きまといますけどね」

そう言った凛は何でもないように微笑《ほほえ》んだ。

だが、それはどこか寂しそうな表情にも見え、瞳の色が揺らいでいるような気がした。

知りたい。けど、知るのが怖い。知ってしまったら……その結果が良いこととは限らない。

——だから、只々《ただただ》怖い。

きっと凛も思うところがあるのだろう。だから、完璧に表情を作り切れていないのかもしれない。

凛は何度か小さく深呼吸をし、表情を切り替える。そして俺の方を見るとにこりと笑った。

「なので翔和くんと加藤さんの関係っていいですよね」

「そうか？」

「私からしたら、翔和くんと加藤さんのような関係が〝良い友人関係〟に見えますよ。お互いに言わなくても何か通じ合ってる気がしますし」

「そういうもんかなぁ～？　俺からしたら、腐れ縁で考えばっか見抜かれて、いつもいいようにやられてる関係って感じがするけど」

「ふふっ。確かにそういった面もありますね。けど、遠慮なく言い合える気兼ねない関係とも言えると思います」

「ま、それは捉え方次第だと思うけど」

知らなかった、人によってはそう見えるのか。あまり考えたことなかったな。

「そう考えると翔和くんと加藤さんの関係って、私と琴音ちゃんの関係になんとなく似てる気がします」

「似てる……のか？　うーん。まぁ、確かに藤さんは遠慮なくズバッと切り込んでくるのはわかるけど。つまりはそういうこと？」

「はい、そういうことです。私って、良くも悪くも完璧に見られてしまうので……」

『完璧に見られてしまう』。それだけ聞くと普通は嫌味《いやみ》に聞こえるが、凛の場合は『そうだな』と納得してしまう。

事実、完全無欠と言ってもいいぐらいのスペックの高さだしね。

だからそんな凛に指摘を出来る人はいないのだろう。

けど、それはあくまで表面上の完璧さ。実際は――

「良くも悪くもね～。俺からしたら、意外と抜けているところも多いけどなぁ」

「ふふっ。琴音ちゃんにもよく言われます」

「だろうな」

「でもそういうことを指摘してくれるのは、翔和くんと琴音ちゃんぐらいなのですよ。私を叱ったり、色々と教えてくれるのは……」

そう言うと彼女は顔を少し赤くして、照れるように微笑んだ。

「だから嬉《うれ》しいんです。駄目なことは駄目と言ってくれて、私のありのままを見てくれる人が」

自分を受け入れてくれる存在。ありのままを見てくれる存在。〝虚〟ではなく真実を見てくれる存在。

確かにそれは嬉しいことだろう。取り繕う必要がないというのは、とても楽なことだから。

「じゃあ、これからも何かあったら遠慮なく言わないとな」

「ふふっ。是非、お願いします」

嬉しそうに微笑む彼女を見て、俺は小さく笑う。

指摘に対してむっとすることなく、駄目なところは駄目と素直に受け止める。

寧《むし》ろ『何かあったら言って欲しい』とまで言うぐらいだ。そんなことが出来る人間だから、凛は魅力的な存在に見えるのかもしれない。

向上心の塊……凄《すご》いなぁ。

困るよ、本当に……。嫌いになれるところがないじゃないか……。

嫌いになれれば楽なのにな。

……それにしても、今日の凛はいつも以上にぐいぐいと来る気がする。

まるでジャブを入れて、その後のストレートを入れる準備をしているみたいだ。

「そういえば、翔和くんって誰かとお付き合いしたことありますか？」

「――ごほっ⁉」

俺は唐突に来た凛の質問に驚き、咳《せ》き込む。

あー、なんか変なところに水が入って痛い……。

つか、心を読んだようにその質問を投げかけてくるなよ。タイミングまで神かっ⁉

マジで、心臓に悪い……。

……でも待てよ。凛のことだから言い回しに語弊があるだけで違うことを聞こうとしてる可能性もあるか……。

凛は、俺の背中を「大丈夫ですか？」と言いながら優しく撫《な》でる。

「すいません。突拍子もないことを聞いてしまいまして……」

「まぁ、大丈夫……。付き合うってあれか？　買い物とかそういう――」

「いえ、男女交際の方です」

再び咳き込んでしまった俺は、ティッシュで口元を拭く。

そして、心配そうに俺の表情を窺《うかが》う凛を見た。

「……どうして急にその質問？」

「えっと……実は、以前から気になっていたことだったので、せっかくですしこの機会に聞いてみようかと……」

どんな機会だよっ!!　というツッコミが出そうになったがぐっと堪《こら》える。

ってかこの質問、凛からじゃなかったら普通に嫌味にしか聞こえない。

『どうせいないだろうけど、面白そうだから聞いてみようぜ！』みたいに馬鹿にしてさ。

「凛は切り出しが唐突だよなぁ……。ま、いいけど」

「それで、どう……ですか？」

普段、気になったことを聞く時はわりと興味津々のキラキラと輝いた表情なのだが……。

今は神妙な面持ちで俺を見てきている。どこか不安気でそわそわした様子だ。

俺は頭の後ろを掻《か》きながら、面倒くさそうにする。

「ないな」

一言だけそう答えた。

凛の強張《こわば》った顔が少しだけ緩む。しかし、すぐに気を引き締めるかのように表情をいつものポーカーフェイスに戻した。

「一度も？」

「なんで疑うような目をしてるんだよ。疑問に思わないだろう、普通……。つか、普段の俺を見ていたらいないことぐらいわかると思うけど」

「そうですか？」

「何故、首を傾げる……。ってかこの話題、そんなに気になること？」

「はい！　とっても気になりますっ！」

「えー……」

「この際、色々と教えてください！　私も聞かれたら答えますので。これはあれですね、よくある高校生の〝語り合い〟です！」

うわぁ……。何その天真爛漫《てんしんらんまん》さ……。子供のようなあどけない表情にどきりとするじゃないか。

俺は視線を落とし、凛の顔を見ないようにため息をついた。

「はぁ……。気になるって言われたって……俺の残念な女性遍歴を話したところで、同情と哀れみしか生まれないからな……。マジで何もないし……」

圧倒的虚無感……。まぁ、男女の恋愛なんてどうでもいいが……。

「そうなのですか……意外ですね」

「単に嫌味にしか聞こえないぞ？」

「いえ、本心ですよ？」

えー……。何、俺が間違ってるの？

なんで凛の方が『おかしなこと言わないでください』みたいな表情してんの？

「俺のことより、凛の方が話題に事欠かないだろ。まぁ、聞くまでもないか……」

学園の女神様と呼び声が高いのだ。

どうせ、引く手数多《あまた》……。告白の一つや二つされていないわけがない。

その中で一回だけ付き合ったとかあってもおかしくはないだろう。男女の恋愛において好き同士が付き合うというのも勿論《もちろん》あるが……。

告白されてから『好きってわけではないけど、告白されたから試しに付き合う』みたいに試供品のように付き合う奴《やつ》もいるぐらいだしね。

……凛がそうじゃなければいいなという気持ちは……少しは……ほんの少しだけはある。

あくまで少し……。

「私も翔和くんと同じで何もないです」

「いやいや……。告白ぐらいはあるだろ？」

「確かにそれはありますが、お付き合いしたことはないです」

「意外だなぁ……」

「そうですか？　私はよく知らない人とはお付き合いしたくないですし……。それに以前は全くと言っていいほど、そういったことに興味がありませんでしたから」

その部分に突っ込んで欲しいのか〝以前〟を強調したように言う凛。

俺はそれを聞き流すように「人は変わるもんだなぁ〜」と天を仰ぎながら言った。

勿論……彼女の方は見ない。だが──

「だからこうやって、寄り掛かったりしたこともないのですよ？」

「翔和くんだけです」と呟《つぶや》き、俺の肩にもたれ掛かってきた。

まるで『流さないで下さい』と訴えかけてくるように身体《からだ》を俺に預けてくる。

凛がいる方に意識がゆくと、鼓動が大きく主張を始め身体は熱を帯びてきた。

……さらさらとした髪がくすぐったいな。

「翔和くんを見ていると、なんだかぎゅっとしたくなってしまいます。不思議ですね……」

「そんな不思議な体質は俺にはないと思うんだけど……？」

「ありますよ。まるで掃除機のような吸引力です」

「褒められてんのかぁ、それ……」

「勿論です」

にこりと笑うリア神。その魅力的な表情を向けられると、より動悸《どうき》が激しさを増してゆく。

「なので翔和くん。後ろからでいいので……ぎゅっとしても……いいですか？」

俺に追い打ちを掛けるように凛は言葉を連ねる。

正直……破壊力が凄《すさ》まじい。本能に身を任せれば、楽になることは間違いないだろう。

でも……。

「断る」

俺はなるべく平静を装うために声のトーンを落として言った。

「あれ……？」

返しが予想外だったのか、凛はきょとんとして目をぱちくりと瞬《まばた》かせる。

「えっと、いつもみたいに〝好きにしてくれ〟とは言わないのですか？」

「さすがに言えねぇーよ。それに——」

「それに？」

「……たまには反撃したくなるだろ？」

俺の言葉に凛は頬《ほお》をぷくっと膨らませる。大人びた彼女らしくない子供のような表情だ。

俺は、そんな文句を言いたげな彼女を横目でちらっと見る。

拗《す》ねたような様子が可愛《かわい》くて、思わず笑いそうになるが口元を押さえて見えないようにした。

「むぅ……。翔和くん意地悪です……」

凛はそう言うと俺の服を摑《つか》み、自分の存在をアピールするようにぐいっと引っ張ってきた。

きっと、目が潤んだ例の表情をしていることだろう……。

あー……ったく。

俺は後ろ髪を引かれる思いをぐっと堪える。そして、残り僅かな料理を一気に口に流し込んだ。

第六話　何故か女神さまと夏祭りに行くんだが

The cutest high-school girl is staying in my room.

――真夏の昼下がり。

自己主張がやたらと激しい太陽は、これでもかと言わんばかりにぎらぎらと照りつけている。

電車内にいる俺にもその日差しが突き刺さり、冷房が効いてなければ溶けていたかもしれないと思わせるほどだ。

このまま外に出たくないなぁ……。

冷房の効いた電車は心地よく、お手軽な避暑地と言ってもいいだろう。

ゆらゆらと揺れる電車は、眠りへと誘うゆりかごのようで周りを見ても寝ている人が何人もいた。

いいなぁ、寝れて……。

そんな人たちを恨めしそうに見ながら嘆息する。

俺は頬を軽く抓《つね》り、そして気分を変えようと肩に感じる重みを無視しつつ窓から外の景色を眺めることにした。

窓越しに見える景色は、青々とした山々や田園風景。

いつものような見慣れた灰色の建物は、俺が見渡せる範囲には一つもない。

――自然。

そう、見事に緑一色である。綺麗《きれい》な深緑にまだ若々しい黄緑色……。

田舎はいい。都会のような喧騒《けんそう》は皆無だし、なんだか心が洗われる気分になってくる。

「ふぅ……」

のどかな風景は見ているとなんだか心が落ち着いてくる。

大きく空気を吸うと、電車内だというのにマイナスイオンたっぷりな気がするのが不思議だ。

俺はそれを満喫するように大きく深呼吸をする。

空気と一緒に運ばれる甘い匂い……。これを嗅ぐと落ち着きが……。

……………そう落ち着いて……くる。

そう、落ち着いて――

「すー……すー……」

って……落ち着けるわけあるかぁあ!!

俺の肩にもたれ掛かって寝る凛《りん》を見て、ため息をつく。眺めていたい衝動に駆られるが、ずっと見ているわけにもいかないので、俺はすぐに窓の外へ視線を向けた。

くそっ!!　こんな状態で落ち着けるわけないだろ！

心頭滅却、煩悩退散……。

だが、いくら掻《か》き消そうとしても雑念が消えてはくれない。

あー……、無理無理……。この状況、抵抗なんて無意味だ。

いつも通りの寝息だけだったら、多少慣れていたから大丈夫だったかもしれない。

まぁ……それも決して大丈夫とは言えないが……。

けど、家で寝る分には回避が出来る。きつかったら洗面所とかに逃げればいいし、凛と距離を置いて寝れるから問題はない。

残念ながら大して意味をなしてないけどね……。気がついたら大体隣にいるし……。

もし、逃げようものなら『そんなところで寝ていたら風邪をひきますよ？』と連れ戻されてしまう。

だから最近は諦め気味だが……。

まぁともかく、電車だと家以上に大変回避がしにくい。

〝席を立てばいいんじゃないか？〟と言われるかもしれないが……それは出来ない。

今、凛は俺の肩に寄り掛かって寝ている。ここで、俺が動こうとしたなら、すぐに起こしてしまうことだろう。

布団からゆっくりと抜け出すこととワケが違うのだ。

それに——凛は普段、夜遅くまで家のことをやってくれている。

家事全般に俺の家庭教師、そして自分の勉強。たまに、先生から頼まれた仕事をしてるし……。寝不足であることに間違いはないだろう。

だからこそ、ここで起こすという選択肢はとれない。

お世話になっている人物に対して、恩を仇で返すような行為は憚《はばか》られるのだ。

そこまで人でなしにはなりたくない……。

——けど、この状況に困るのも事実。

電車だとより密着度が高い。隣にしかも端っこの席だと余計にだ。

そして、よりにもよって今の季節は夏……。

俺の位置からだと、凛の自己主張が強い場所を自然と視線が捉えてしまうのだ。

ライトブルーのブラウスにスカート。台形の形をしたスカートは少し短めで、凛のすらっとした脚が見事に強調されていた。

はぁ……。凛にはもう少し、考えて服を選んで欲しいんだけどなぁ。

「こっちの気も知らないで……」

俺は自分の不満を訴えるように、すやすやと気持ち良さそうに寝てる凛の頬をつつく。

うん……。相変わらずの見事な弾力。

太っているわけではないのに柔らかく、夏だというのに汗によるベタつきは皆無だ。寧《むし》ろ、サラサラとしている。本当に病み付きになるなぁ〜……。

つつく度に「ううん……」と艶《なま》めかしい声が出なければだけどね……。

俺は再びため息をつき、気持ち良さそうに寝ている凛を横目にちらりと見て、そのまま風景へと視線を移した。

夏だからか、身体が妙に火照る。断じて、凛が寄り掛かっているせいではない……。

俺はそう何度も自分に言い聞かせ、この状況を作り出した悪友に『余計なことすんなよ』と心の中で文句を言った。

——一週間ほど前。

夕食を食べ終えた俺は、いつもと同じように食後のデザートを頬張《ほおば》り、のんびりとした時間を満喫していた。

今日のデザートはチョコブラウニー。勿論《もちろん》、これは凛の手作りである。

よく作ってくれるお菓子ではあるのだが……。

うん。これがとんでもなく絶品。

「まだありますから、食べたい時は言って下さいね？」

「おう、さんきゅ。いや〜、美味《うま》過ぎて食べ過ぎないか心配だわ」

「ふふっ。それは良かったです。ただ、流石《さすが》に限りはありますし、食べ過ぎには気をつけて下さい」

「ん〜、無理！　食べ続けたくなるこれを作った凛が悪い」

俺の言葉に凛の目が鋭くなる。

「では、次に用意する時は単語暗記とセットにしましょうか。一つ食べるごとに単語十個です」

「げっ⁉　流石にそれは酷《ひど》くないか……？」

何度か作ってもらい、今ではお気に入りのこのお菓子……。

それを取り上げられたら……ショックで死んでしまう。

いやあのチョコブラウニー……マジで美味《おい》しいんだよ。

単純なチョコだけではなく、飽きないようにナッツを入れたりしっとり具合を変えたりなど、色々な種類を作ってくれてさ……。

あ〜！　これが食べれなくなったら〝チョコブラウニー渇望症〟になるのは間違いない。

机の上に頭を乗せて、顔だけを凛の方向に向ける。

俺の表情が弱々しく見えたのか、凛が「そ、そんな悲しい表情をしても駄目ですからねっ！」と若干慌てたように言った。

このまま粘れば『もしかしたら大丈夫なのでは？』と思ってしまうのは気のせいだろう。

そんなに凛が甘いわけないし……。

凛は軽く咳払《せきばら》いをすると、綺麗な姿勢で俺の横に座り直した。

「いいですか翔和《とわ》くん。人が動くためには、何事も原動力が必要です。そのための一つと、今回は考えて下さい」

「はぁ……。頑張れば、本当に作ってくれるか？」

「勿論です」

「じゃあ頑張る。全てはチョコブラウニーのために!!」

俺はその場で単語帳を開き、チョコブラウニーを咀嚼《そしやく》しながら暗記を始めた。

うん、なんかいつもより捗《はかど》る気がする。

そんな俺の様子に凛は唖然《あぜん》とした様子で「……あの翔和くんがここまでやる気になるなんて……。やはり、胃袋が重要ってことですね……」と小さく呟《つぶや》いた。

確かに食べ物には釣られたが……。

〝あの翔和くん〟は余計だと思うぞ？

ブーブーブー
そんな俺のやる気に水を差すように、スマホがぶるぶると震え出す。

俺は睨《にら》むようにスマホを一瞥《いちべつ》し無視しようとすると、凛がくすりと笑い「電話は出た方がいいですよ」と言い画面が見えるように差し出してきた。

〝健一《けんいち》〟と表示される画面を見て、大きなため息が口から漏れ出る。

そして渋々スマホを受け取ると、表示されている通話ボタンを押した。

『うっす！　翔和!!　前に言った通り――』

「このお電話は、お客様のご都合によりおつなぎ出来ません」

『え、マジ!?　まさかの着信拒否!?!?』

「…………」

『いや、こんな覇気のない声は翔和しかありえねぇか』

「失礼だな、おい」

『ははっ！　悪い悪い！　んじゃ早速用件だけどなっ!!』

電話越しに聞こえるテンションの高い声。

反射的に〝通話終了のマーク〟へ手が伸びる。

『そろそろだから行く準備とかしとけよ～？』

「……………」

おっと、危ない。電話を切るところだったよ……。

『おい……今、変な間があったけど……。まさかと思うが、切ろうとしなかったか？』

「そんなわけないだろう……ってか、行くってどこへ？」

『忘れたのか？　夏祭りだよ！　な・つ・ま・つ・り!!』

「あー。あったね、そういえば……」

嫌なこと過ぎて記憶の片隅に追いやってたわ……。

リア充達の集まり。とにかく騒ぐ奴《やつ》ら。コスパが悪い出店。

——祭りの全てが嫌いだ。

まぁ今回は凛と約束してしまったから、行くしかないけど。

本来だったら絶対に行きたくない夏のイベントである。

『だから翔和、荷物の準備をしとけよ？』

「うん？　荷物って……祭りに行くのに財布以外で持ってく物ってあるのか？」

『いやいや〜着替えとか必要だろ？　夏場は汗をかくし、泊まるわけだから』

——泊まる？

健一から聞こえた不穏な言葉に口角がぴくぴくと引き攣《つ》る。

「……なぁ健一。祭りって地元のじゃないのか？　あの小規模の……」

凛からの提案で行くことになっていた夏祭り。

あれは地元の小規模のやつで、しかも八月の初旬に終わってしまう。

今は八月の半ば……。そう、もうとっくに過ぎているのだ。

『あーそれね。最初はそれと同じ時期に行くつもりだったんだが、悪天候とかで色々とずれ込んだらしくてよ〜。祭りは、これからなんだわ』

「いや、でも……あの祭りやってたぞ？　家の前をチャリで通過するリア充がいたし」

『ああ〜。確かにやってたなぁ。ってか翔和〜、勘違いしてるだろ？』

「は？　勘違い？」

『俺は八月の初め頃とは言ったが、〃地元〃とは一言も言ってないぞ？』

——思考停止。スマホを持ったまま固まってしまった。

そんな俺を凛が心配そうに見つめ「大丈夫ですか？」と服の裾を何度か引っ張った。

その可愛《かわい》らしい仕草にドキッとし、すぐに健一に声を掛ける。

「健一……。俺を嵌《は》めただろ……？」

『ははっ！　ま、いいじゃねぇーか！』

「全くもってよくない」

『まぁまぁ落ち着けよ。地元じゃない祭りを選択したのは、翔和への配慮なんだぜ？』

「……配慮？」

『ほら、地元じゃなければ顔見知りと会うリスクは減るし、その方が気兼ねなく楽しめるだろ？』

『翔和がな！』と笑いながら付け足す健一。

……ったく、変な気を回すんじゃねーよ。俺は思わず苦笑し、心の中で悪態をつく。

『つーわけで、準備よろしくな！　場所は後で送るから若宮《わかみや》と確認してくれ。ちなみに今更、怖気《おじけ》づいて行かないとかはなしだから、そこんとこよろしく～』

「……へいへい。言いたいことは多々あるが……約束は守るよ」

『んじゃ、ちょっとだけ保護者に代わってもらってもいいか？』

「保護者ってお前なぁ……」

俺は凛にスマホを差し出す。

健一とのやりとりを聞いていたのか、凛は隣でくすくすと笑っていた。

「はいよ……。ほら、凛。健一が『代わってくれ』だと」

スマホを受け取り、「代わりました。若宮です」と抑揚のない透き通るような声で電話に出た。電話をする時は、トーンが上がると言うが凛の場合はより聴き取り易《やす》くなるって感じである。

俺は電話の様子をお茶を啜《すす》りながら、ぼけーっと見守る。

健一に何を言われたかわからないが、時折見せる凛の慌てた様子が新鮮で微笑《ほほえ》ましく思えた。

「はい。残念ながら持ってはないです……」

『…………………』

「えっ⁉　本当ですか⁉」

大きな瞳をぱちくりさせて、何かに驚いている。

何の話をしているかわからない。ただ、凄《すご》く嬉《うれ》しそうなのは確かだ。

「ですが流石にそこまでしていただくわけには……」

『………………』

「……え。そう……なのですか？」

『………………』

「……お言葉に甘えさせていただいて……」

『………………』

「ありがとうございます！　本当に重ね重ね――」

この後、ペコペコと何度も頭を下げる凛と電話を代わり、健一と『最近どう？』『宿題やったか？』『勉強は捗ってるか？』みたいな取り留めのない会話をした。

会話の途中で『……健一は雑』と聞こえたから、きっと藤《ふじ》さんもいたのだろう。小言を言われる健一の姿が、なんとなく目に浮かんでくるようだった。

――と、まぁこんなことがあり今に至るというわけだ。

「ん……。翔和くん、それ……間違ってますよ……」

『寝言でも俺の面倒を見てるのかよ！』と内心でツッコミを入れる。

そんな凛の様子に自然と口元が綻ぶ。

「さて、目的地までなんとか頑張るか……」

俺は大きな欠伸《あくび》をして、凛を起こさないように手首だけストレッチをする。

そして、鞄《かばん》から事前に買っておいた眠気覚ましの飲み物を取り出し、それを一気に口へと流し込んだのだった。

◇◇◇

電車を乗り継いで二時間ほど、俺と凛はのどかな田舎に到着していた。

地元の建物が立ち並ぶ味気ない風景と違い、今いるところは青々と彩られた山が綺麗《きれい》に並んでいる。

駅に設置されている改札機は真新しく、古びた駅の中で一際異彩を放っていた。

「ん〜っ……」

俺は伸びをして、だるく凝り固まった身体をゆっくりとほぐす。

横では、凛が目をキラキラと輝かせながらきょろきょろと、興味深そうに周りを観察していた。

「なんか珍しい物でもあった？」

俺の声に反応した凛がこちらを振り向く。

すると、凛の神々しさを演出するように澄んだ空気が俺達の間を駆け抜けていった。

風でひらりとスカートが揺れている。だが、残念なことに緩やかな熱を帯びた風が吹くだけで、急な突風によるお約束は発生しなかった。

まぁもし、『お約束』が起きそうな場面になったとしても、リア神《がみ》の場合は防いでしまいそうだけど……。

「はい。色々と興味深いです。駅も電車もこの風景も……」

「確かにあまり見ないよなぁ」

電車は二両編成。二十分に一本の間隔というローカル線だ。

一駅の間隔も十分ほどとやたら長い。そして、駅の周りにはコンビニがひとつもなく、あるのはバスの停留所と古びた平置きの駐輪場ぐらいだ。駅に駅員がいないというのもなんだか新鮮である。

「凛はこういうところに来るのは、初めてなのか？　まぁ反応的には初めてっぽいけど」

「いえ、実はここへ来るのは二回目です」

「へぇ～。物珍しそうに周りを見てるから初めてなのかと思ったよ。ってことは以前も祭りに？」

「はい」

「そっか……」

俺は興味なさそうに空返事をして、半歩後ろに突っ立ってる凛を見た。

いつものように表情に変化は見られないが、口元は微《かす》かに笑っているようにも見える。

そして、空を見上げるとどこか物思いにふけるような……そんな目を凛はしていた。

昔に何があったのか？

何を思い出しているのか？

それに……誰と来たのだろうか……？

でも、なんとなくそれを聞いてはいけない気がする。非常に気になることではあるけど……過去を無闇に掘り起こしてトラウマとかを思い出させるのはよくないことだ。

だから、下手に聞けない。

「何か気になることでもありましたか？」

そんな俺の心境を察したような言葉を凛に掛けられ、顔が自然と強張《こわば》る。

そして、気まずさから視線を逸《そ》らすように地面へと視線を落とした。

凛はそんな俺の様子が気になったのかもしれない。俺の正面へと移動すると、上目遣いで顔色を窺《うかが》うような目で見つめてきた。

「やはりありますね」

くそっ。相変わらずのエスパーっぷり……。

なんで考えていることがわかるんだよ……。

「いや本当に……。マジで聞くほどでもないことだからいいよ……」

「いいですか翔和くん？　『聞くは一時の恥、聞かぬは一生の恥』ですよ？　そうやって溜《た》め込んではいけません。さ、遠慮せずにどうぞ」

「えー……」

適当にはぐらかしてもいいんだが……。きっと無理だよなぁ……。

俺は大きなため息をつき凛の方を見る。

凛は俺を真《ま》っ直《す》ぐに見つめ、その大きな瞳は『誤魔化《ごまか》しても無駄です』と告げてきているようだった。

俺は再びため息をつく。

「はぁ……。じゃあ、聞くけど……」

「どうぞ」

「まぁ、本当に大したことじゃないんだけどさ。いつ来たのかなーって思って。例えば中学の時とか……」

聞けなかった。結局、『誰と来たんだ？』とは聞けず回りくどい言い方に……。

はぁ、聞けない自分が情けないな……。

そんな俺の質問に「そうですね……」と凛は少し悩んだ素振りを見せる。

そして、少し甘えたような目で俺を見つめ、胸に手を当ててきた。

「翔和くん……もしかして別のこと気になっていませんか？」

「気になるって何をだよ……」

「例えば『私が誰とお祭りに行ったことがあるのか』とか？」

「いや……別に」

『誰と』。その言葉が出るということは……つまりはそういうことだろう。

頭を過《よ》ぎる予想……その瞬間、動悸《どうき》とは違う何か締め付けるような痛みが胸を襲う。

なんとも言えない、焦燥感と虚無感……。だが同時に『凛ならまぁ当然か』と納得してしまった。

誰もが振り向くような絶世の美少女。神がかった美少女。

前に『恋愛に興味はなかった』みたいなことを言っていたが『実は……』と言われても特に違和感はない。

考えてみればわかることだ。

恋愛の一つや二つ経験していない方がおかしい。

「前に一緒に行ったのは『お父さん』とですけどね」

「……え？」

「なので、同年代の男性と一緒に行くのは初めてです」

「そうだったのか……」

「はい。でも、翔和くんは違うこと想像していたみたいですけど」

今にも舌を出しそうな悪戯《いたずら》っぽい笑み。俺はそれを見て嘆息した。

「凛……わかってて答えを出し渋っただろ？」

「なんのことでしょう？」

「はぁ……ったく。からかうなよなぁ〜。変に焦っただろ……」

「それは、すいませんでした。ただ、翔和くんが私のことが気になってくれたという事実は素直に嬉《うれ》しいです」

凛は俺に微笑みかけながら嬉しそうに頬《ほお》を染める。それを見た俺は大きなため息をつき肩を竦《すく》めた。

「そのせいで俺のライフはゴリゴリと削られてるけどな……」

まぁ、でもちょっとホッとしてしまった自分がいるんだよなぁ……。

言わないけど……。

「それで、結局ここにはいつ来たの？」

「前に来たのは幼稚園の時ですね。初めてのお祭りに初めての浴衣……とにかくはしゃいでしまってたので、よく覚えてます」

「幼稚園……か」

俺の頭にふと浮かんだのは、前にリサさんから見せてもらった凛の子供の頃に撮った写真……。

あの超絶可愛《かわい》い子が浴衣を着て、はしゃいでいたら……さぞ目を惹《ひ》いただろうなぁ〜。

俺が見たのは卒園式の写真だったけど、控えめに言っても〝神〟って感じだったし。

その時代の浴衣姿……やばい、めっちゃ見たい。

でもなぁ、たぶん凛に頼んでも見せてくれなそうだよね……。前の時も恥ずかしがってたし。リサさんに会う機会があれば、頼んでみようかな？

〝交換条件〟とか言われそうで怖いけど……。

「どうかしましたか、翔和くん？」

「いや……なんでもない。ちょっと考えることがあってさ」

「考えること……ですか？」

「ああ。わりと重要なことをね」

凛は俺の目をじーっと見る。そして目を伏せ、

「そうでしたか。とりあえず今度お母さんに写真は見せないように伝えておきますね」

と抑揚のない平坦《へいたん》な口調でそう言った。

ちくしょう……、このエスパーめ……。なんでこう読まれるんだよ……。

「……どうやら図星のようですね。写真ってそんなに見たいものですか？」

「はぁ……。まぁ、気になるというか。犬とかの小動物を見て和むのと同じ感覚というか
……」

「和む……ですか？」

「……ほら、可愛いのって見ていて癒《いや》されるだろ？　そういうのって嫌いじゃないんだよ」

動物の動画を見たりしてると癒されるんだよなぁ。見ていて疲れないし、ただぼーっと見てるだけでもいい。

今までは、バイト後とかに結構見てたけど……あれ？

そういえば最近は見てないような……。

「……可愛い。あ、でも動物と一緒……むぅ。けど、可愛いって言ってくれたのは間違いないですし……。嫌いじゃない……遠回しに好きって……えへへ～」

何やらぶつぶつと言いながら、表情が面白いぐらいに変化してる。

よくわからないけど……ちょっと面白いな。学校ではまず見ることは出来ないし。

凛は少し悩んだような素振りを見せた後、小さく頷《うなず》く。

「……写真は要検討ということで」

「まぁ、嫌々ならいいからな？　無理にっていうのは気が引けるし」

「嫌というよりは、恥ずかしいってだけですので……」

普段は恥ずかしがらず、気にしないことも多いのに……子供の頃の写真だけは気になるのか……。

うん。

基準がよくわからない。

ま……とりあえず、無理強いするのは悪いから話はここまでにしとこう。

「そうだ凛、さっきの祭りの話に戻るけど。凛ってこの祭りは二回目ってことだよな？　祭りって具体的に何を楽しめばいいんだ？　俺、誰かと祭りに行ったことないからわかんなくて」

「そうですね……。私も二回目なので詳しくは語れませんが、屋台を見て回ったり、後は締めに行われる花火でしょうか」

「ほおほお……。じゃあ、前に来た時もそれを楽しんだ感じ？」

「そうですね……。屋台を一通り見て回って、綿飴《わたあめ》やりんご飴を食べたり……他にも盆踊りをしましたよ。ちなみに琴音《ことね》ちゃんも一緒です」

「へぇ〜。藤さんも一緒だったのか。ん……じゃあ、さっきから遠い目をしてるように見えたのは、単に過去を懐かしく思ってただけ？」

「それもありますけど、お祭りで泣いてしまったことを思い出しまして……」

「えーっと、それは迷子になってとかか？」

「いえ……その、金魚すくいです」

金魚すくい？　俺は首を傾《かし》げる。

金魚すくい……やったことはないが、仕入れ値が数十円の金魚を三百円ぐらいですくわせて荒稼ぎしているという偏見があるんだよね。あの〝ポイ〟と呼ばれる道具で捕れる気がしないし。

「難しそうだよな、金魚すくいって。特に子供なら力加減とか下手だろうしね」

「そうなのです。何度挑戦してもスルっと逃げられてしまいますし、オマケとして一匹の金魚を渡されましたが……。それがなんだか子供の頃の私には、無性に悔しく感じてしまって……」

「それで泣いてしまったってわけね」

「はい……。お店の人の親切に対して『いらない！』と言ってしまったのを後悔しています。素直に受け取ればよかったのにと……」

「子供の時だから仕方ないいんじゃないか？」

「そうですね……。ただその後、帰ってしまいましたし……お祭りに行ったのはそれっきりなのです。だから楽しかった記憶より、悲しい記憶の方が鮮明に覚えてしまっているんですよね……」

凛は微笑《ほほえ》んでいるが、その目はどこか悲しそうである。

所詮は子供の時のこと。子供はわがままで、涙脆《もろ》くて、そしてすぐに意地を張る。

それは正直言って仕方のないことで、周りの人も理解していることだろう。

だから凛も普段は気にしていなかった筈《はず》だ。

ただ、記憶のある場所に来れば否応《いやおう》なく思い出してしまう。

当時の印象に残ったことだけが息を吹き返したように蘇《よみがえ》ってくるのだ。

――楽しかったこと。

――悲しかったこと。

――後悔する気持ち。

……過去のことはどうしようもない。けれど、思い出してしまい考えてしまう。

しかもそれが、唯一の祭りだったら尚更《なおさら》……。だったら――

「んじゃ、今度はしっかり楽しまなきゃな。前の記憶を塗り変えるくらいに……」

無意識のうちに彼女の頭へと手が伸びていた。

俺は、そのまま凛の頭を優しく撫《な》でる。頭を一撫でされて、凛は気持ちよさそうに目を細めた。

だが、秒で後悔した……。『なんで俺がしてんだよ……』と。

これは、クラスの日陰者はやってはいけない。

何故《なぜ》ならこの行動は、イケメンのみに許される行為だから……。

「悪い……つい……」

慌てて頭から手を離そう――とする前に腕を掴《つか》まれ、凛はもっと撫でろと催促するように頭を傾けてきた。

「やめないで下さい翔和くん。……その、もう少しだけ。せっかくですので……」

甘えるような目で呟《つぶや》く彼女を直視出来ず、目を逸《そ》らす。

「おぅ……」

「ありがとうございます……」

俺はなるべく見ないように、凛の気が済むまで撫で続けた。

◇◇◇

――流石《さすが》に恥ずかしい。

俺はベンチに腰をかけ、さっきのことを思い出しては大きなため息をついた。

終電間際、駅でイチャつく男女というのを見たことはあるだろうか？

人目なんて気にしないその姿を見て、ため息をつく人も多い。俺はそういう人達を見た時、『もう少し場所を選べよ』と常に思っていた。

だが…………見事なまでのブーメラン。さっきまでの俺達はまさにそれである。

カップルではないが、見る人によってはそう勘違いされてもおかしくない。

あー……、思い出すだけでも顔から火が出そう……。人が誰も通らなかったのがせめてもの救いだよ。

俺は熱くなった顔を手で扇《あお》ぐ。顔も熱いし、外も暑い。

二つの相乗効果で嫌な汗がべっとりである。

そんな俺とは違い、凛は特に気にした様子もなく、そこだけ温度が違うのではないかと思えるほど涼しい顔をしていた。

ただ、口角は若干上がっていることから、機嫌は悪くなさそうでさっきのような憂えた様子もない。

まぁ、それならいいんだけど……。気にしているのは俺だけなのか？

俺は深く息を吐き、重い腰を上げる。

「そういえば凛って、あまり遊んだり出掛けたりしないの？　さっき、祭りに行ったのも子供の頃だけだったたって話だし」

「そうですね……。出掛けるようになったのは最近になってからでしょうか。遊園地もプールもそして、お祭りも……」

「行きたくはなかったのか？」

「憧れはありましたけど、起こり得るトラブルを考えると足が向きませんでした」

「ああ……なるほど……」

凛は自分で望んでなくても周囲の視線を集めてしまう。だから、トラブルに遭う可能性も必然的に上がることになる。特に人が多い、みんなが浮かれているような場所では尚更だ。『ノリ』みたいなもので声を掛けられるとかあったかもしれない。

それを凛はなるべく避けてきたのだろう。

自らトラブルに巻き込まれに行きたくはないしね……。

そう考えると、目立ち過ぎというのも考えものだ。けど、俺には経験がないから、気持ちを百％理解することが出来ない。

……それがちょっとだけ……歯痒《はがゆ》いな。

そんな俺の気持ちを察したのか、「心配は要りませんよ？」と呟く。そして優しい眼差《まなざ》しを向けながら、微笑んできた。

「ですので、こうやって出掛けるのは全て新鮮ですし、初めてのことが多いのです」

「俺も出掛けないからその部分では同じだなぁ……」

「それに、翔和くんとだったら毎日でも出掛けたくなります。行きたい所もたくさんありますし」

「行きたい所ね〜。まぁ、俺に行ける範囲なら付き合うよ。……あくまで出来る範囲だけど」

「ふふっ。ありがとうございます。なのでこれからも翔和くんとは、出掛ける度にたくさんの『初めて』を経験することになりますね」

凛から放たれた言葉に二つの意味でドキッとする。

一つは勘違いと期待によるものだ。もう一つは、『誰も聞いていないよな？』という心配から来るものである。

さっきまで明るかった空はどんよりと曇り、二人の間を通り抜ける風は真夏だというのに少し寒く感じた。

「おい凛……。それは大変な語弊が生まれる言い方だから、人前では絶対に言うなよ……？」

「でも事実ですよ？」

「事実だとしてもだ！」

顔を赤くし、うっとりとした表情をする凛……。見る人が見たら、間違いなく勘違いすることだろう。

あれ？　なんか、ものすごく嫌な予感がしてきたんだが……。

「あのさ凛、ちょっと確認なんだけど……」

「なんでしょう？」

「今みたいな話……、誰にもしてないよな？」

藤さんとか健一ならまだ大丈夫だろう。けど――

「お父さんとお母さんに話しましたよ？」

「ま……じ……？」

「でも安心して下さい。翔和くんのことを考えて誤解を与えないように言いましたので」

「本当か？」

俺は疑うようにじっーと凜の顔を見つめる。

すると、何故か凜は顔を赤くし「えへへ～」と表情を緩ませた。

けど首を左右に小さく振ると、咳払《せきばら》いをしてすぐにいつもの表情に戻る。

「えっと、翔和くんは妙に疑っていますよね。親とは言え、こういうことを話すのは、ちょっと恥ずかしいので余計なことは言いませんよ？」

「そういうもんなのか……」

こういう時の凜は、わりと突飛なことをやらかすから心配してたけど、杞憂《きゆう》だったのか……。まぁ、それならいっか。

「はい。なのでコンパクトに纏《まと》めて伝えました」

「ん？　すげぇ嫌な予感がするんだけど。……何を？」

「『初体験をしました』と言いました」

「な、何言ってんの⁉⁉」

何が『誤解を与えないように』だよ!? 思いっきり火種を投下してんじゃねぇか！

一瞬だけでもほっとした俺の気持ちを返してくれ……。

「驚くようなことでしょうか？ 遊園地で遊ぶことなんて今までありませんでしたので、全ての乗り物が初体験ですよ？」

「お前なぁ……」

「何を呆《あき》れているのかわかりませんが……特におかしなことは言っていません」

「どこからその自信がくるんだ！ 寧《むし》ろおかしなことしかねぇよ!!」

俺は頭を抱えて、天を仰ぐ。

今後に起こり得る展開を想像するとため息しか出てこない……。

たまにブチ込む凛の行動……。普段はしっかりしてるのに、なんでこういうことは駄目なんだよ。

「何を心配しているのかわかりませんが、お父さん怒っていませんでしたので大丈夫だと思いますよ？」

「えー……そうなのかなぁ」

「はい！ 今度『男同士で話したい』と言ってましたから間違いないです」

「これは会ったら間違いなく血を見ることになるな……」

俺は嘆息し、肩を竦《すく》めた。

今のうちに身体《からだ》を鍛えておいた方がいいかな……？

いくら打ち込まれても……耐えれる身体を作るために……。

「はぁぁぁ……」

「そんなに心配しなくても大丈夫ですよ。とても優しいお父さんですから」

「ちなみにどのくらい優しいの？」

「どのくらいと言われると尺度が難しいですけど……。お母さんが言うには、内緒でいつも写真を持ち歩いているそうですよ？」

「あー……それは大事に育てられてるねー……」

「ふふっ。少し恥ずかしいですけどね」

はにかみながら微笑《ほほえ》むリア神。その様子からも本当に仲の良い家族なのだろう。

ってことは、裏を返せば娘を溺愛しているということに……。

そんな娘が見ず知らずの男に手をつけられたとなれば……あー、どうなるかは俺でも予想がつく。

「どうすっかな～」

「何かお困りですか？　私に出来ることならお手伝いしますよ？」

「いいや。凛にやらせると火に油を注ぐことになりそうだから遠慮しとくよ……」

可愛《かわい》らしく小首を傾《かし》げる凛を尻目に、俺は空を見上げる。

まぁ、会う機会なんて中々ないだろう……と、今は祈っておく。

「では、そろそろ参りましょうか」

「だな～。たしか買い出しをしなきゃだっけ？　凛は場所とかわかる？」

「勿論《もちろん》。翔和くんにも加藤《かとう》さんから連絡が来ていたと思いますけど？」

「連絡って……『バーベキューの買い出し頼むわ～』という内容のやつか？　場所についてては連絡が来てないと思うけど……」

「加藤さんのことですから『追伸』という形で送ってきていると思います」

俺は凛に促されるままにメッセージをスクロールして下まで見てゆく。

……あ、本当だ。確かにメッセージは存在した。だが、それは場所ではなく――

『後で迎えに行くから、とりあえず買物デートを頼むわ！』

とだけ書いてあった。

「はぁぁぁ……」

再び口から漏れ出る盛大なため息。あいつは俺に何を求めてるんだよ……。

「どうかしました？　ため息をつくほどのことは書いてなかったように思いますが……」

「ああ、何でもないよ。とりあえず、凛についていくわー。俺だと道に迷いそうだし……」

「お任せください。と、言いましても地図を見たところすぐに着きそうですけどね」

「近くならよかったよ。この炎天下で歩くのも辛《つら》いしな……」

暑さから逃げるための日陰を作るような大きな建物は何もない。

だから、もやしっ子の俺には耐え難い状況である。

「確かに暑いですよね……。ですが、色々持って来ましたから熱中症対策はバッチリです」

「それで荷物が多かったわけね……」

「備えあれば憂いなしですからね。何が起きても大抵のことには対応出来るようにしていますよ」

「そりゃあ頼もしいな。ま、もしもの時は頼むわ」

「お任せ下さい！　精一杯、尽くしますから」

凛は手を前で組み、なんだか気合が入っているようだ。

用意周到と言えば聞こえはいいが、多過ぎるとただの心配性だよなぁ〜。

ってか、最後の発言おかしくない？

……いや、いつものことを考えるとそういう見方もあるかもしれないけど……。

まぁ、深くは考えないでおこう。

俺は凛の荷物を摑《つか》み、いくつかある荷物の一つを肩に掛けた。

「とりあえず持つよ。これでもバイトで多少は鍛えてるし」

「え、それは悪いですよ。それに、電車へ乗る前にも持ってくれたではないですか……」

凛は首を横に振り、自分で荷物を持とうと手を伸ばす。

しかし俺が身体を捻《ひね》って躱《かわ》したせいで、何も摑むことなく空を切った。

目をぱちくりと瞬《まばた》かせ、少し困ったような顔で俺を見てくる。その姿は目を潤ませたチワワを彷彿《ほうふつ》とさせ、ただ避《よ》けただけなのに罪悪感が込み上げてきそうだ。

「翔和くん。本当に……重いですよ？」

「このぐらい平気」

「荷物が多いのは、私が好きで勝手に行っていることですし……」

「じゃあ、俺も勝手に持つってことで」

「…………………」

ジト目で俺を見つめる凜。そして、機嫌を損ねた子供のような表情で不満そうに頰《ほお》を膨らます。だが、その膨らませた頰は紅潮していた。

「翔和くんって意外と頑固ですね」

「凜には言われたくないな」

まるで睨《にら》めっこをするように凜と顔を見合わせる。

すると次第に口元が緩み「ふふっ」と小さな笑い声が漏れ出た。

「では、お言葉に甘えさせていただきますね。ありがとうございます」

「ま、気にすんな。これは〝ただのお節介〟だからさ」

凜は俺の言葉に一瞬だけ目を丸くし、そして花が咲くように次第に唇を綻ばせる。

そして――

「〝ただのお節介〟ですか……。なんだか懐かしいですね……初めて聞いた時が」

と呟《つぶや》き、照れたように顔を背けてしまった。

凛の表情は見えなくなってしまったが、風でなびく髪の間からは赤くなった耳が見え隠れしている。

「まぁ、そうだな……」

なんとも言えない気恥ずかしさに俺は頭を掻《か》き、苦笑する。

「んじゃ……とりあえず行くか」

「そうですね」

二人で横に並んで歩いてゆく。

数ヶ月前、初めて会った時のことを思い出すと、自然と笑みが溢《あふ》れてきた。

今は、肩がぶつかるぐらいの距離。随分と変わったもんだな……。

空を見上げるといつのまにか雲は消え去っていて、代わりに夏の日差しが俺らを照らしていた。

◇◇◇

買い物を終えた後、俺と凛は集合場所である藤さんの母親の実家に来ていた。駅も中々に田舎であったが、今いる家の周りはさっきのを上回るほどの田舎である。

牧歌的な雰囲気と言えば伝わるだろうか？

都会の喧騒《けんそう》などとは無縁な本当に静かな場所であり、暮らすならこういう所がいいなぁ～と素直に思う。そして縁側に枕を置き、一日中ごろごろしていたい……。

うん。ふと浮かんだ考えだけどアリだな。今日は祭りなんて行かずにそうしていよう――

「翔和……くん？」

そんな俺のだらけた心中を察知したのかタイミングよく凛から声を掛けられた。怪しむような視線を俺に向けてきている気がするが……うん、これは気のせいだと信じたい。

俺は誤魔化《ごまか》すように『ふわぁ』と大きな欠伸《あくび》をし、そのまま背中を伸ばす。その様子を見た凛はため息をつき、俺と同じようにぐ～っと腕をあげて伸びをした。

「う～ん、空気が綺麗《きれい》……。伸びをするとなんだか気持ちがいいですね」

「そうだなぁ……」

いつもは見せない無防備な表情。そして伸びた時に強調されてしまう身体のライン……。

夏服は薄着だ……、それを凛という女神級の美少女が着るだけで扇情的に見えてしまうのは避けようがない事実。

……枯れてるとは言え、俺も一応は血気盛んな男子高校生。どこへとは言わないが、視線が自然と誘導されてしまうのは仕方のないことで……。そう、ある意味……自然の摂理である。

そんな姿に目を奪われていると、俺の視線に気がついた凛とばっちりと目が合ってしまった。

——時が止まったような静寂。

それと同時に『しまった』という思いから俺を焦燥感が包み込んできた。

俺は誤魔化すようにわざと咳《せき》込み、視線を太陽へと移す。そして、薄《う》っすらと額に滲《にじ》む汗を手で拭い「まだ暑いな……」と呟いた。

うん。完璧なフォロー。我ながら文句をつけようがない演技である。だが、そんな俺を嘲笑《あざわら》うかのように「ふふっ」と小さく笑う声を耳が拾う。嫌な予感がして凛を横目で見る。

すると頬を赤く染め、なんだか嬉《うれ》しそうに凛は笑っていた。

「……うん？　何かおかしいことでもあった？」

俺は内心で舌打ちし、頭をぽりぽりと掻きながら惚《とぼ》けるようにそう言った。誤魔化しようのない状況。けど、何故《なぜ》か凛は小首を傾げきょとんとしている。

「いえいえ、なんでもありませんよ」

「それならいいけど……。変な勘違いとかしないでくれよ？」

「勿論しませんよ」

「そ、そっか、ならよかった……」

言葉に詰まりながら、凛を見るとにんまりと人の悪い笑顔を返してきた。

「ふふっ。翔和くんも男の子ってことですね」

「どういう意味だよ……」

「さぁ？　自分の胸に聞いてみるのが宜《よろ》しいかと思いますよ？」

ったく……。完璧にしてやられた気分だが……これ以上なんか言うと墓穴を掘りそうなのでやめておこう。

はぁ、彼女には一生勝てる気がしない。なんだか手玉に取られている気がするし……。

俺はがくりと肩を落とし、ため息をついた。

「おーい、翔和～！」

戸がガラッと開く音と共に、タイミングよくイケメンボイスが俺の耳を通過した。

声がする方に顔を向けるとそこには、いつも通りのニヤついた顔でこちらに手を振る悪友の姿があり、そしてその横には当然のように藤さんもいる。おそらく待たされたのが不満だったのだろう、家の中からひょこっと顔を出す藤さんは少し頰を膨らませ口を尖《とが》らせていた。

ってか、やり取りが一段落したところに健一の声……絶対に見てただろ、あいつ。

「よぉ～っ！　随分と遅くなったじゃん二人とも。どこで道草を食っ……いや、言う必要はないか。俺は全てわかってるぜっ！」

「……二人とも遅い」

凛は「お待たせしてすいません」と丁寧に腰を折って言った。

相変わらずの綺麗な姿勢……まるでマナー研修のＤＶＤとかに出てくる模範生のようだ。

「健一……何故遅くなったかは、この荷物見ればわかるだろ。つーか、買い出し行かせたの健一だし、冗談でも変な勘繰りで自己解決をしないでくれ……」

「わりぃわりぃ！　そんなにむくれるなよ～」

健一は背後から俺の肩に腕を回しゆらゆらと揺らしてくる。

なんだろう、やたらとテンションが高いな……。夏の暑さと相まって、余計に暑苦しい。

俺は「放せ～」と喚《わめ》くが流石《さすが》は高スペックのリア充、びくともしない。でもマジで早く放して欲しい……。俺を見る藤さんの視線が怖いから……めっちゃ嫉妬してるからな、たぶん。

「……とりあえず凛はこっちに来て、案内するから」

「はい！　よろしくお願いします」

「えーっと藤さん、俺はどうすればいい？」

「……常盤木《ときわぎ》君は健一と一緒にバーベキューの準備。野菜とか切っておいて。それから荷物は玄関まで運んで」

「へいへい、わかったよ」「はいよ〜。こっちは任せな！」

「……返事は〝はい〟でしょ？」

「「はい……」」

「……わかったならさっさと準備して。じゃあ凛、いこっか」

「そうですね。では申し訳ないのですが、翔和くんと加藤さんよろしくお願いしますね。戻りましたら、すぐにお手伝い致しますので」

凛は申し訳なさそうに頭を下げ、小走りで家の中へと入って行った。

足取りが妙に弾んで見えたのは、俺の思い過ごしだろうか？

◇◇◇

荷物を運び終えた俺達は、二人並んでバーベキューの準備をしていた。まぁ、準備といっても健一が野菜を切り、俺がそれをトレーに並べるって分担だけど……。一応、最初は二人で野菜を切っていた。だが、俺の切り方が物凄《ものすご》く雑だったらしく、手早く均等に切ることが出来る健一が全てやることになってしまったのだ。普段から凛に任せっきりなので、この結果は仕方のないことである。俺が切ると野菜の手繋《つな》ぎ人形が出来てたしね……。

俺は「ふわぁ」と大きな欠伸をして、腰をぽんぽんと叩《たた》く。

「翔和、なんかやけにぐったりしてねぇか？」

「まぁ……その、車の影響がな……」

「車……？」

健一は首を傾《かし》げ、すぐに納得したのか「ああ、なるほど」と頷《うなず》いた。

嘘《うそ》は言っていない。実際は、それだけではないが……まぁそれを態々《わざわざ》言う必要はないだろう。寝不足とか身体のだるさとか、車の中での凛との距離とか……。まぁ色々だし……。

「たしかに姐《ねえ》さんの運転は荒いもんなぁ～」

「だろ？　正直、死ぬかと思ったよ……」

姐さんというのは藤さんの母親のことである。

買い出し先に車で迎えに来てもらえたのは有難い話ではあったが……。初対面で『早く乗りな』と腕を掴《つか》まれた時は、ヤンキーに絡まれたかと思ったよ……。咄嗟《とっさ》に凛から離そうとしたら笑われたし……。それに姐さんと呼ばないと凄い形相で睨んでくるから、マジで怖い……。

リサさんといい母親というものは、呼び方にやたらと拘《こだわ》るものなのだろうか？　そこらへん聞いてみたいところではあるが、俺と凛を送った後にどこかへ行っちゃったんだよなぁ～。だから、全く話が出来ていない。まぁ、話そうにもあの鋭い目に睨まれたら言葉が上手《うま》く出て来ないんだけどね……。藤さんのたまに出る、鬼が裸で逃げ出すような鋭い視線は母親譲りなのかもしれない。

「ちなみに姐さんって昔どういう人だったんだ？」

「地元を仕切っていたリーダー」

それは俗に言う『族』という集団ではなかろうか？　まぁ怖いから聞かないけど。

「ってか健一、電話で『迎えに行く』とか言ってなかったか？　だから俺はてっきり健一が来るもんだと思ってたぞ」

「あー、確かにそう言ったが『俺が』なんて一言も言ってなくね？」

「……屁理屈《へりくつ》じゃねぇーか」

「翔和の得意分野だろ？」

俺はふんと鼻を鳴らし健一から顔を背ける。健一がいる方から「ははっ。やっぱり図星じゃん」と笑い声が聞こえてきた。

「まぁ姐さんは誤解されやすい人だけどさ。根は良い人だし、口数が少ないのも自分が初対面でどう見られてしまうかわかっているからこその行動だからな、怖がらないでやってくれ」

「よくわかるな、そんなこと」

「ま、それなりに付き合い自体は長いし。色々と昔話も聞いたしな〜。翔和も慣れてきたたら、男気溢《あふ》れる面白い母親だとわかると思うぜ？　そして意外とナイーブ、怖がられたことか気にしてたりするぜー」

「そうなのか……。人は見掛けによらないってわけね」

「そういうお前もな」

「何を言ってんだか……。俺は見た目通りの駄目人間だよ」

「確かにな！」

健一は腹を抱えて笑っている。目なんて涙目だ……そこまで笑うことかよ。

ちょっとは『駄目人間』って部分を否定してくれてもと思うんだけどな……。

「ま、けど。少しはマシにはなったと思うぜ。喩《たと》えるならS級の駄目人間がB級になったって感じ」

「B級って……。まぁそもそも生活レベルとか、家事の出来なさとかは変わってないし。自分のことだからっていうのもあるけどイマイチわかんないなぁ」

朝起こしてくれるのも凛。家事全般も凛。学習面、お金管理まで凛――あれ？

……改めて考えると凛に対する依存度がやばくないか、俺……。

「確かに私生活は介護レベルにやばいけどよ〜。俺が言いたいのはそこじゃねぇんだよな」

「介護ってお前な……って、うん？　……そこじゃない？」

「ああ。なんというか……。翔和、普通に会話するようになったよな、本当に」

過去を懐かしむように遠い目で言う健一。でもその物言いだと、俺が普通ではないみたいに聞こえるんだが……。

俺は少し睨《にら》むように健一を見る。視線に気がついた健一は、何故か微笑《ほほえ》んでいた。まるで子供の成長を感じた親みたいな表情である。

「なんだよ……その顔は……」

「いや〜、人って丸くなるもんだなーって」

「特に変わってないぞ、俺」

「いやいや〜前って、話し掛けても返しは割と適当だっただろ？　休み時間も大抵は寝てるし。つーか、『話し掛けるなオーラ全開』って感じだったじゃねぇか！」

「そうだったか……？」

「喩えんなら防衛本能を剝《む》き出しのハリネズミだったぜ〜」

「ハリネズミねぇ……」

まぁ確かに塩対応を『とげとげしていた』と言われても仕方ない行動はしていたけど……。それで防衛っていうのはよくわからない。

ってか、俺にとって休み時間は睡眠タイムだったし……バイト疲れを癒《いや》すためのね。

健一が俺の背中をバシッと叩《たた》く。突然のことで身体がびくっと飛び跳ねた。

「そんな翔和を変えてくれた若宮には感謝だな！」

「いてぇ……急に叩くなよなぁ」

思いっきり叩きやがって、もやしには打撃が結構響くんだぞ……。

俺は不服を訴えるように健一を見ると、いつになく真剣な目をして俺を見てきた。

「なぁ、翔和。一つ聞いていいか？」

「別にいいけど。ってか妙な間を作って聞くなんて健一らしくないな」

「ん、まぁ……。んじゃ聞くけどよ」

少し躊躇《ため》らっているのか妙に歯切れの悪い健一。その様子を見て、察してしまった。健一が何を聞こうとしているのかを……。

「もし、若宮に告白されたらどうする？」

予想通り。わかっていたこととは言え、健一から投げられた爆弾に胸の辺りがチクリとした。

俺は表情を作り、健一を見ると何も思っていないかのように驚いたふりをする。

「はぁ？　何、言ってんだよ？」

健一はバツの悪そうな顔をして頭を掻《か》く。そして何事もなかったように、にかっと笑った。

「ま、例えばの話ってことで。んで、どうよ？　やっぱり付き合う？」

俺は大きなため息をつき、作業を止める。そして呆《あき》れた顔で一言、

「決まってるだろ。そんなこと……」

と言った。健一は眉間にしわを寄せ、俺の目をじっと見てくる。そんな健一に対抗するように俺も真っ直《ます》ぐに健一を見た。傍《はた》から見るとにらめっこをしているようにしか見えないが、空気は中々に悪い……。

やがて健一は、諦めたように目を伏せると悲しそうな笑みを浮かべた。

「そっか、そうだよなぁ……」

「わかってるなら聞くなよ」

「いいじゃねぇーか、少しぐらい期待してもよぉ。最近の翔和を見てたら、『もしかしたら？』って思うだろ〜？」

「世の中に〝もしかしたら〟とかはないよ。あるのは必然的な事実と、確定的な真実だけ」

「本当に捻《ひね》くれてんなぁ〜。はぁ……。少しぐらい好意を素直に受け取ってもいいと思うぜー？」

「受け取るも何も、見えないモノに受け取るとか概念はないだろ……」

「ったく、まぁ翔和の考えもわかるし。そう思うように至った理由も、少しは理解しているつもり。だけどな——」

「健一、いい加減しつこい……。こんな話しても染みついた考えは変わらないって」

健一は肩を落とし、もらわれてゆく仔犬《こいぬ》のような寂しげな顔で力なく笑った。俺はそんな健一から目を逸《そ》らし、既に切り終えている野菜たちを丁寧に皿へ並べる。なんとなく見たくない、そう思ったから無駄にゆっくりだ。

「やっぱ任せるしかないか……」

「ん？　何を？」

「いや、こっちの話」

『俺じゃ、力不足か』と健一らしくない弱音が聞こえた気がした。

俺が健一を横目で見ると、視線に気がついた健一がいつも通りのイケメンスマイルを俺に向けじゃがいもを突き出してきた。

「よっし翔和！　さっさと準備すっか～！　琴音たちが戻ってきて何も終わってなかったらやべぇし」

「そうだな……」

さっきと同じ作業を進めてゆく。健一とバイトの話や最近の勉強の話など他愛《たあい》もない会話が続いたが……この後、恋愛について触れてくることは一度もなかった。

◇◇◇

バーベキューの下準備もあらかた終わり、後は家に入って行った女子達が戻るのを待つだけとなっていた。暇になった健一は人参《にんじん》を花の形に切ったり、ウサギを模《かたど》ったりと器用な遊びを始めてしまっている。

流石《さすが》は何でも出来る完璧イケメン……無駄に上手《うま》いな。

そんな健一を見ていると気になっていたことを思い出し、俺は周りをきょろきょろと見渡して俺と健一以外に誰もいないのを確認した。

「なぁ健一。ちょっと思ったことがあるんだが……」

「ん？　なんだ翔和」

「今日の藤さん、めっちゃ怖いんだが……」

そう……今日の藤さんは怖い。いつも中々に冷たい目をしているが、今日は見られただけで身震いしてしまうほどである。不用意な発言をしようものなら、次の瞬間には狩られそう……そんな予感までした。

だが健一は、俺の言葉に首を傾げ、思い当たる節がまるでないといった様子。そして、にやけた笑みを浮かべ――

「いや～、ツンケンしてて可愛《かわい》いだろ？」

と、俺が思っていることとは全く違うことを口にした。

「え……、ツンどころかとげとげしてなかったか？」

「そうか？　俺には、寧《むし》ろ浮かれまくってるようにしか見えねぇけど」

「マジかよ」

これが恋人フィルターというやつなのだろうか？

　恋は盲目とは言うけれど、ここまで現実が見えなくなってしまうなんて……。しかも、藤さんが去って行った方向をうっとりとした目で見ているし……はぁ、これは重症だな。

「とりあえず健一。ＣＴスキャンを受けておけ、もうドロドロに溶けてしまって手遅れかもしれないけど」

「ひでぇな、おい！」

　これが恋愛脳に侵された人の末路か……。あー可哀想《かわいそう》。

「つーか、あんなのどう見ても照れ隠しだろ？」

「……照れ隠し？　あれが……？」

「おう！」

「俺にはわからないな……」

「ははっ！　そこは、愛の深さ故にわかってしまうんだぜ？」

　歯がキラリと輝くドヤ顔……うん。物凄《ものすご》く殴りたい。

　ってかその前にあの凍《い》てつくような冷たい視線のどこに照れが？

　今にも噛《か》みついてきそうなぐらいだったのに……。

「祭りっていうのは特別な日だからなぁ～。それでテンションが上がっても仕方ないことだぜ？　そういう翔和も少しは楽しみにしてんだろ？」

「全然、全く。俺はそもそも人混みが嫌いだからな」

俺は言い淀《よど》むことなく、即座に反応を返す。

正直なところ楽しみな部分もある。雰囲気には興味あるし……。だがそれを健一に言う必要がない。事前に少し調べたとかもね。

言ってしまったら健一がどんな反応をするか……容易《たやす》く想像出来る。きっと、ニヤリとしたむかつく笑顔を向けてくることだろう。

そんなことを考えていたら、健一がさっき想像していた通りの表情で俺を見つめていた。

「ま、つまりはそういうこった。今の翔和みたいに隠したいんだろうよ」

「……そんなことはないけど」

ズバリ的中。相変わらずのリア充エスパーである。

ただ、認めるのは嫌だから……ふんっと鼻を鳴らし不機嫌そうな素振りを見せた。

まぁでも、気持ちを隠したいから照れ隠しで態度が変わる。動きの違いはあるけども、それはなんとなくわかったかな……。

藤さんの態度がそれかは、俺には半信半疑だけどね。

「それに夏と言えば浴衣！　胸がない人が綺麗《きれい》に見える素晴らしい衣装……それを堂々と着ることが出来る最高の日だからなっ!!」

「あ〜、なるほど藤さんみたいなスレンダ……いや、女性を美しくする衣服は素晴らしいな！　うんうん！」

「うん？　なんか反応おかしくね？　そんなオブラートに包まなくていいぜ。琴音は実際にペッタンだしな！　でもだから、浴衣みたいな服は映えるんだよなぁ～」

「えーっと。け、健一……そのぐらいに」

「それにだな～。馬子にも衣装って感じで最高なんだよ」

「健……一……」

「そんでもって浴衣と言えば、帯を回してのお代官ごっこ……。いや～これは男の夢だよなっ。あ、でも琴音の場合は浴衣が脱げても破壊力がねぇーけど！」

健一は、腹を抱えながら『はっはっは』と笑っている。随分と楽しそうだ……。俺はそんな健一を黙って見守る。きっと表情は青ざめていることだろう……。

何故《なぜ》なら――

「……健一。ちょっといらっしゃい」

そう、そこに鬼がいるから。

「……へ？」

肩に手を置かれた健一が、口元を引き攣《つ》らせた笑顔で後ろをゆっくりと振り返る。

そして後ろにいる鬼を確認すると「ひぃ」と短い悲鳴を上げた。

「……怖がらなくても大丈夫。なーんにもしないから」

「あの……目が据わってません？　いや〜優しい琴音様のことだからきっと……」

「……ふふふ。ママ直伝の会話術を教えてあげる」

「ひぃぃ⁉　翔和！　助けてくれぇえ！」

首根っこを摑《つか》まれて健一は、今にも連れていかれそうだ。

俺に助けを求めるように手を伸ばし、懇願するような表情をしている。

まぁ、俺も男だ。少なからず健一に恩は感じているし、それを返さないといけないと思っている。

だから俺は、そんな健一にバイトで培った営業スマイルで微笑《ほほえ》みかけた。

一瞬だけ健一の顔が明るくなる。しかし、笑顔の意味に気がついたのだろう……表情が次第に強張《こわば》っていった。

「なぁ、健一」

「翔……和？」

「愛されるっていいことだな〜。こっちのことは任せて存分にいちゃついてこい！」

「……ありがと、常盤木君。話がわかるね」

「と、翔和、男のゆうじょふっ⁉」

俺は家の中に引きずられてゆく健一に敬礼をして見送る。

短い悲鳴が家の方から聞こえた気がするが……まぁ、おそらく気のせいだろう。

◇◇◇

バーベキューが終わり、俺と健一は後片付けをしていた。

準備も片付けも男の仕事になっているが特に文句はない。日頃の恩を返しているようなもんなので、こういうことは寧ろウェルカムである。

特に片付けに関してはこれ以上言うことがないんだが、気掛りなことがありそのせいで悶々《もんもん》としていた。

食事が終わってから女性陣がそそくさと家の中に姿を消してしまい、家に少しでも近づこうとすると健一に止められてしまうのだ。

……何を企《たくら》んでいるか非常に怖い。また健一や藤さんが余計なことを考えているんじゃないかと……。

そんなことを考えながらテーブルを拭いていると健一が肩に手を置いてきた。

「翔和、来たぞ」

「ん？　何が？」

「ほら、あっちを見ろよ」

健一に頭を両手で摑《つか》まれ、そのまま無理矢理《むりやり》に顔の向きを動かされた。俺は不服そうに健一を見るが、「早く見ろって」と促され渋々言われた方向に視線を移した。

「……やば」

これはぽろっと出た素直な感想。

顔を向けた先にいた浴衣に身を包んだ二人に対しての言葉である。

特にライトアップされたわけでもないのに、眩《まぶ》しく見えてしまう。直視することを躊躇《ためら》ってしまうほどだ。

これが浴衣の効果なのだろうか？

凛は白地に全体が淡い色合いのピンクでまとめられている浴衣で、藤さんは濃いめの紺色の浴衣だった。二人とも髪は上で綺麗に纏《まと》められていて、キラリと光に反射した簪《かんざし》が輝いていた。

「ほぉ〜、浴衣に美少女っていうのはやっぱり最高だな！　な、翔和？」

「それは同感……」

「あれ？　珍しく素直だなぁ」

俺の反応が予想外だったのか、健一がきょとんとした表情で俺を見た。

きっと、俺の反応をからかうつもりだったのだろう。

それは残念ながらアテが外れている。俺だって素直に感想を言うこともあるしね。

「お二人ともお待たせしてすいません」

と言い、凛がこちらに向かって手を振ってくる。

俺が手を振り返すと、花が咲いたように表情を明るくし小走りで寄ってきた。

「どう……ですか？　似合っていますか？」

「うん。まぁ、なんというか、『ありがとう』って言いたい感じだ」

「ふふっ。なんですかそれ」

なんですかと言いつつも嬉《うれ》しそうに微笑む。満更でもないようだ。

「浴衣着るのって、結構大変じゃなかったか？」

「そうですね。でも、琴音ちゃんのお陰でばっちりです」

「へー、流石は美容師の娘だなぁ〜。そういえば、浴衣ってどうしたんだ？　確か、荷物の中になかったと思うんだけど」

「この浴衣は借りたんです。琴音ちゃんのお母様が用意してくださいました」

コソコソと何をやっているんだろうと思ってたけど、そういうことだったのか。浴衣の準備をしていたのなら、中々戻って来なかったのも頷けるし、健一がとっていた行動も納得がいく。

そうまでして浴衣を見せたかったのか……？

だったら、褒めの一つも言えていないのは失礼に当たるよなぁ……。

「なぁ、凛」

「どうしましたか？」

「似合ってるよ、本当に」

正面を向いて言う度胸はない。だから、少し横を向きながら、噛まないことだけを意識して言った。

「……嬉《うれ》しいです」

はにかみを見せて言う凛の色っぽさに、内心どきりとした。その様子を見た凛は、俺に甘えようとしたのかもしれない。

しかし、慣れてない浴衣のせいでバランスを崩し、そのまま転びそうになってしまった。

俺はそんな彼女を慌てて抱きとめる。

「おいおい。……凛、大丈夫か？」

「す、すいません。ご迷惑を……」

目の前で転びかけたのが恥ずかしかったのか、凛の顔は真っ赤で傾き始めている夕焼けよりも赤かった。

勢いよく倒れ込んできた凛の身体は軽く、とても柔らかく手に収まらな…………ん？

「きゃ……」

凛の短くて艶《なま》めかしい声。心臓が信じられない速さで脈打ち、全身から冷や汗が噴き出すのを感じた。頭の中で危険を知らすアラートが何度も鳴り響く。

俺は恐る恐る自分の手の在処《ありか》を確認――

「わ、悪い！」

反射的に手の位置を変え、凛をすぐに立たせる。そして、俺は流れるように土下座を……残念ながらさせてもらえなかった。

凛に抱き着かれるように押さえられ、土下座の姿勢をとることが出来なかったのだ。

「バランスを崩した私が悪いので、今の翔和くんは悪くありません。不可抗力です」

「それでもすまん……」

よく漫画で男側が『これは不可抗力だ！』と訴えるシーンはよくあるが、女子側から言われるというのは意外だった。

でも、学園の女神様であるリア神の胸部に触れたと広まれば……間違いなく命はないので謝らないという選択肢は俺にはないけど。

ただ、凛は「気にしてません」の一点張りで「寧《むし》ろ倒れたこちらが悪い」と全く引かない。

こうなった凛は、絶対に引かないんだよなぁ……頑固者め……。

その結果、折衷案として〝お互い様〟ということになった。

「そもそも翔和くんだったら……いえ、何でもありません」と何か言い掛けたのが、気になるけど……まぁこれ以上、この話題を引きずる必要はないだろう。

いい加減、健一と藤さんのリア充カップルの視線が痛いし……。

「あれ、狙ってやったと思うか？」

「……凛、流石《さすが》ね」

「ね、狙ってません!! 下駄《げた》を履き慣れてなかっただけですっ」

「『と、言いつつ？』」

「もう！ 違いますからねっ!!」

顔を赤くしたまま凛が頰《ほお》を膨らませ、健一と藤さんに抗議している。

俺はその様子を見ながら思わずくすっと笑ってしまった。

いよいよ夏祭り。この面子《メンツ》だったら、嫌いな人混みもマシになるかもしれない。そんなことを思ったのだった。

◇◇◇

夏の夕暮れ、西の空には赤く染まった魚のような雲が薄《う》っすらと浮かんでいる。

徐々に暗くなってゆく田舎道。街灯の少なさからこの後、夜に飲み込まれていくことになるだろう。だが、今日だけは闇に逆らうように光り続け、それに呼応するかのように何処《どこ》からともなく笑い声が響いてきていた。

——とうとこの時間が来てしまった。

周りを見渡すと屋台に並ぶ人達と何度も目が合う。

『なんでお前が？』と言いたげな視線に晒《さら》され、その都度、口からはため息が漏れ出た。

「キラキラして楽しそうですね？」

隣を歩く女神様が俺の様子を窺《うかが》うようにそう尋ねてきた。

普段は感情の起伏が少ない彼女だが、今は満面の笑みを浮かべて俺を見つめている。

きっと、久しぶりの祭りにテンションが上がっているのだろう。

ただ、その人の視線を独占してしまうような笑顔はやめて欲しい。ただでさえ、目立つのだから……。

浴衣に身を包んだ凛の魅力は、可愛《かわい》いというよりは〝綺麗《きれい》〟と表現するのが適当だろう。

気を抜けば綺麗さに目を奪われ、掌《てのひら》で彼女のうなじを逆撫《さかな》でしてみたくなる衝動に駆られてしまう。無論、そんなことはしないが……。

だから俺は、そういった感情を抑える意味も含め不愛想に、

「もうちょっと控え目な方が助かるけどね、色々と」

と、やや皮肉めいたことを口にした。

凛は俺の言葉を大して理解していないのか、「確かに少し眩《まぶ》しさはありますね」と飾ってある提灯《ちょうちん》の明かりを見てくすっと笑う。その笑みに周りの人の足が止まり、同時に俺の心がざわついた。

「健一達、どこに行ったんだろうな……」

「そうですね、どこでしょう……？　さっきから連絡は入れているのですが……」

凛は、困ったように何度もスマホの画面を見ている。その様子から、本当に心配しているのが伝わる。

俺は、この状態は意図的に作られたものだろうと思っているから心配はしていないけど。と、言うのも祭りに行ってから数分後に『やっべ、忘れ物だ！』と言って離脱したのがそもそも怪し過ぎる。まぁ、四人で行く時点でなんとなく予想はしてたけど……普通に四人で回りたかったなぁ。祭りに凛と二人っきりというのは、色々と気を張るからさ……。

でも、健一のことだから裏でこそこそとしてそうだけど。

その証拠に、祭りという浮かれた場でリア神という〝ナンパホイホイ〟に誰も引っかからないしね。

「とりあえず健一達なら大丈夫だよ。もしかしたら、二人で楽しんでるかもしれないし。それに、藤さんが健一と二人で過ごしたそうだっただろ？」

「確かにそうですけど……。翔和くんはいいのですか？」

「いいって？」

「翔和くんは四人で行くことを楽しみにしてそうだったので……私と二人でお祭りを回るのは気が進まないのではないかと……」

凛が不安そうな表情を浮かべ、申し訳なさそうに言った。

確かに四人で行きたかったというのは事実だ。遊園地の時もそうだが、目立つ存在であるリア神と並び歩くというのは……正直、気が引ける。

だってそうだろ。女神と底辺男ではつり合わないのは事実なのだから……。そう、本来、並び立っていいわけがない。

でも、凛がそれを少しでも……ほんの僅かにでも望んでいるのなら——

「全く問題ないよ。寧ろ、光栄だね」

その時だけは隣にいよう。必要とされている間だけでも……。

「……ありがとうございます」

透き通るような声でお礼を言う凛の横顔をちらっと見る。嬉しそうに笑う彼女だが、表情が一瞬だけ寂し気に見えた。

『気のせいか……？』と俺は首を傾《かし》げる。俺の視線に気がついた凛もつられるように小首を傾げた。同じような仕草だが、凛の方が可愛らしいのは言うまでもない。

「どうかしました？」

「いや、別に。ただ、人が多いなぁ〜って思って」

「確かに多いですよね。前に来た時もこんな感じでしたし」

有名な祭りかは知らないけど、所狭しと人が犇《ひし》めき合っている。肩や身体《からだ》がぶつかるなんていうのは〝常に〟と表現出来るレベルだ。

これだけ多いと、いつ迷子になってもおかしくない。健一達と回っていても、その途中ではぐれてしまっていたかもしれないなぁ。

そんなことを考えていると、俺の正面に回り込んだ凛が手を差し出してきた。

「翔和くん、手を繋《つな》いでもいいですか？」

「うん？」

「あの、祭りは人が多くてはぐれたら困ります。それに、その……先ほども転びそうになってしまいましたし……。浴衣で歩くのに慣れていないので……」

「手ぐらいならいいよ。俺なんかで良ければだけど……」

俺は、差し出された手を握る。正面から握っただけなので、ただの握手である。凛は俺のとった行動に大きな瞳を瞬《まばた》かせ、信じられないモノを見たかのように目を丸くした。

「聞き間違いでなければ……今、『いいよ』と言いましたか？」

「言ったけど。ってか、もう握ってしまってるし」

「確かに……そうですね」

「もしかして意図が違ったか？　だったら手を――」

「いえ！　このままでお願いしますっ！」

手を放そうとしたところ、凛は俺の手を摑《つか》まえるようにぎゅっと握ってきた。

凛の声がいつもより大きく、その剣幕《けんまく》に圧倒され「お、おう」と俺は曖昧な返事になってしまった。

自分の声が思ったより大きく出たのが恥ずかしかったのだろう。凛は、顔だけではなく耳までも赤く染めていた。頭から蒸気がでるのではないかと思ってしまうほど真っ赤である。そんな凛を見てると、こちらまでも恥ずかしくなってしまう。

俺は空気を変えるために咳払《せきばら》いをする。そして、やや気恥ずかしい気持ちを感じながら、

「とりあえず……行こうか」

と凛に提案をした。

凛は小さく頷《うなず》きそのまま顔を伏せる。同意の意味を込めてなのか、手に少しだけ力を込めてきた。

俺はそんな凛の手を引き、なるべく凛の歩くペースに合わせてゆっくりと歩く。さっき、慣れていない下駄で躓《つまず》いてたのでその配慮のつもりだ。

「ふふっ」

「なんかおかしかったか？」

「翔和くんって意外とエスコートに慣れていますか？」

「エスコート？　コミュ力ゼロの俺にそんなの求めても仕方ないよ」

「そうでしたか」

平坦《へいたん》で抑揚のない声で呟《つぶや》く。だが、顔は少し赤くなんだか嬉《うれ》しそうだった。

凛に限って馬鹿にするというのはないだろうけど……。コミュ力ゼロの件がそんなに面白かったのか？

内心でちょっとしょぼくれながら歩いていると、凛が瞳を輝かせあるお店に熱視線を送り始めた。

「翔和くん！　あれ、食べませんか？」

「あのカラフルなのは……綿飴《わたあめ》か？　……でかくない？」

「大きくて美味《おい》しそうです」

子供のようにはしゃぎながら、俺の手をぐいぐい引っ張る。さっきまでのしおらしさは、時空の彼方《かなた》へと消え去ってしまったようだ。

凛はそのお店で五百円の綿飴を購入すると、躊躇《ためら》うことなくぱくっと食べ始めた。一口食べた凛は、幸せそうにうっとりとした表情を浮かべる。

その魅力的な表情は、たまたま近くを通りかかった彼女と一緒の男性が足を止め、見入ってしまうほどだ。そしてこの後の一連の流れは決まっている……。

その表情に見惚《みと》れてしまった男は、彼女に耳を引っ張られどこかに連れて行かれてしまった。俺はその様子を『またか……』と苦笑いしながら見送る。

まぁこれが遊園地でも見慣れた、一連の流れだ。

そんなことが近くで起きているなど思ってもいない凛は、相変わらず幸せそうに食べている。〝綿飴と美少女〟これは最高の組み合わせかもしれない。

「美味しいです〜！」

「おう、そりゃあよかったね」

「あっ。でも大変なことに気がつきました……この量、食べきれません」

「えー……今更？」

口に含めばすぐに溶ける。それが綿飴のいいところだ。見た目に反して腹にもそんなには溜《た》まらない。ただ、当然飽きはするだろうし、結構な大きさだから気持ち的に辛《つら》くなるのも当然だろう。

凛がまた甘える仔犬《こいぬ》のような目で俺を見つめてくる。その様子で凛が何を言ってくるか察してしまった。

「翔和くん、一つお願いが――」

「一緒に食べてくれ以外だったらいいぞ」

食い気味で言うと、子供のように凛がぷくっと頬を膨らませた。

どうやら図星だったようだ。

「……意地悪です、翔和くん」

「いや、だって二人して同じの食べるのは恥ずかしいだろ。普通はカップルがやるイベントだ」

「そうですか？　でもあそこ、女の子同士で食べていますよ？」

凛の視線の先には、一緒に仲良く食べている小さな女の子達の姿があった。二人で両端から噛《かぶ》り付くように食べている。見ていて心が和むなぁ。

俺が凛に視線を戻すと、何故《なぜ》かにこにこと笑みが滲《にじ》み出ていた。

「さ、実例もありましたので私達も」

「やらねぇよ!?　ってか、あれは小さい子だから成立するんだ。高校生にもなると成立しない！　仮にもし、いたとしても浮かれてる奴《やつ》らぐらいだよ」

「なるほど……」

顎に人差し指を当て、思案顔をしている。このまま諦めてくれればいいのだが……。

まぁ、凛の性格を考えると――

「では、私も浮かれているので、祭りの雰囲気に流されてやりましょう」

「それ普通、女子が提案することか!?」

その場の雰囲気を上手《うま》く使い女の子に手を出す。そういったことをする男がいるのは、知っている。それを女子がやるのは、俺は聞いたことがない。

今、聞いてしまってはいるけどね……。

「いいじゃないですか。学校でも回し飲みをしている人はいますし、その延長線です」

「随分と伸びた延長線だな……。学校にいる時にノリでやるような回し飲みと、祭りで一緒に食べるは意味合いが違うと思うぞ？　祭りでそんなことに興じているのはカップルだけだ」

「それは偏見だと思いますよ？　カップルだけとは限らないと思いますし、友人ととるコミュニケーションの一種だと思います」

「まぁね。ただ、全員が全員、凛みたいに〝友人と〟って考えられるわけではないよ。俺みたいな考えを持っている人も少なからずいると思うしね」

どう受け取るかはその人次第。だから難しいし、安易に受けて面倒なことにしたくない。

まぁ、もう既に手とかは握ってしまったから説得力は薄いが……。俺としては〝手を握る行為〟までがギリギリ我慢の出来る許容範囲だ。

これ以上は無理！　そう、色々と……。

「とにかくやらないからな」

「むむむ……。では仕方ありません。交替しながら食べることにしましょう。一人でこの量はきついので、それなら協力してくださいますか？」

「うん……？　まぁ、それなら……いっか」

「ありがとうございます。では、先に翔和くんから一口どうぞ。遠慮せずにバクっといって結構です」

「ああ……」

凛は微笑《ほほえ》むと、持っていた綿飴を俺の方へと傾け、そのまま口の位置まで持って行ってくれた。優しい心遣い……だが、なんか違和感がある。

俺は、眉をひそめ凛の顔を見る。うん……、にこにこするだけで別に何か魂胆があるとは思えない。

『考えすぎか』と心の中で納得し、目の前にある綿飴を一口食べる。

口に含んだ綿飴は一瞬で溶け切り、口の中にはほんのりと甘さが広がった。

「……意外とうまいな」

「それはよかったです。よかったらもう一口。この色の変わり目なんか美味しそうですよ？」

「あー、確かに」

俺は凛に促されるままにそこを噛《か》みつく。すると、さっきより綿飴が大きく揺れた気がして、同時に〝カシャ〟という音がした。

「凛！　何を撮った!?」

ラプス
スロー
ビデオ
写真
ポートレート
パ

「えへへ～。見てください！　〝二人で綿飴を食べている写真〟です」

やられた、完全に油断していた……。もっと、直接的な行動が来ると思っていたから無警戒だった。……そのために食べる場所を指定したのか……。

角度、タイミング全てが完璧だ。この写真を見た誰もが、カップル同士でいちゃついているとしか思えないだろう出来栄えである。

だから……これを誰かに見られたら不味《まず》い。

「凛、その写真は消そうか？」

「駄目です！　これは私の待ち受けにするのですから、消させません！」

凛の目がいつも以上に本気だ。その目からは、『絶対に消させません』という強い意志を感じる。しかも、スマホを盗《と》られないように胸の前で握っている。あそこは不可侵領域……俺では手を伸ばすことが出来ない。

「その防御の仕方はせこいんじゃないか？」

「そんなことはないです。私はただ抱えているだけですから」

「いや、俺がもし取りに行ったらどうするんだよ……」

「翔和くんにその度胸がありますか？」

触れたいｏｒ触れたくない。

その答えは勿論《もちろん》、『触れたい』である。一般的な男子高校生でここを『触れたくない』

と答える奴はいないだろう。いたとしても、ムッツリ野郎だけである。

　さっき、事故とはいえ触れてしまった。その感触が忘れられないのも当然、いや必然と言うべきだろう。しかし、あれはあくまで事故であって故意に引き起こしたことではない。今、自ら手を伸ばして触れようものなら言い訳は一切出来ないのだ。

　そして、凛が叫ぼうものならその場で屈強な男たちにたちまちドナドナされてしまうことになる。だから……。

「ないな」

「ですよねー。わかっていましたよ」

「おい、なんだ。その表情は……」

　凛からは呆《あき》れたようなため息が流れ、顔は笑っているが、目が笑っていない。そんなよくわからない表情をしていた。

　俺は咳払いをして、凛の肩に手を置く。

「まぁとにかく……。待ち受けだけは勘弁してくれ」

　これは切実な願いだった。もし待ち受けにして、それを誰かに見られたら……。それがしかも学校の連中だったら……。考えるだけで恐ろしい。今でも学校に居場所があるわけではないが、その写真の噂《うわさ》が広まればそもそも学校にも通えなくなるだろう。

「ではメッセージのアイコンにします」

「それは余計に駄目だ！　それなら、まだ待ち受けの方が――あっ」

「では待ち受けにしますね」

「……はぁ。そうやって揚げ足をとるなよなぁ」

この後、嫌がる凛を何とか説得し、渋々ではあるものの待ち受けにされることは回避することが出来た。

むくれ顔で『わかりました。約束します』と言ってはいたが……まぁ大丈夫だろう。約束を反故《ほご》にするような性格でもないしね。

……あれ？　そもそも当初の目的は何だっけ……？

ま、思い出せないということは大したことではないのだろう。

◇◇◇

祭りの出店をいくつか楽しんで一時間ぐらいは経《た》った頃、俺は凛にこんな提案をしていた。

『凛、金魚すくいでもやろうか。昔のリベンジに』

凛の小さい頃にあった苦い思い出の克服。それをしてあげたいと思っての提案である。

『そうですね……確かに出来なかったことを克服するチャンスかもしれません』

と、凛は意外にも乗り気であっさりと了承した。

『一人で頑張ります！』と気合十分に金魚すくいに挑戦する凛。だから俺はその様子を側《そば》で見守ることになった。

これが十分ほど前にあった大体のやり取りである。

——結論から言おう。

凛に金魚すくいのセンスがなかった。そう、欠片《かけら》も……。

「凛にも苦手なことがあるんだなぁ～」

「つ、次こそは！」

これで何度目だろう……？

普通だったら施しの一匹を貰《もら》えばいいが、凛は頑《かたく》なに受け取らない。受け取っては克服にはならないからだ。

でも、数回見てるが……圧倒的にセンスがないんだよなぁ～。

正直、力み過ぎ。あんなんじゃ、一生かかっても捕れっこないだろう。しかし凛は筋金入りの負けず嫌い。

さて、どうするか……。俺は頭を捻《ひね》り、打開策を模索する。

凛を横目で見ると、「求めれば求めるほど逃げてしまうのですね……」とめっちゃ落ち込んでいた。

仕方ないか……。

「少し力を抜いた状態で手を貸してくれ。それで俺が捕る。一回でも一緒にやれば、凛ならコツを掴《つか》めるだろ？」

「一緒に……ですか？」

「そ。まぁ、なんとも言えない構図になるから、周りの視線が痛いかもしれないけど……それは我慢してくれ」

主に殺気のような視線を浴びるのは俺の方だけどね……。

凛は、少し悩むと「いいんですか？」と困ったような上目遣いで俺を見上げた。相変わらずの破壊力があるこの視線に圧倒されそうになるが、俺は小さく頷《うなず》いた。

「ありがとうございます……」

差し出した俺の掌《てのひら》に凛はやや遠慮気味に手を重ねる。

途端に周りがざわついたが、今は特に気にならない。普段であれば、『最悪だ』と一言、悪態をついていたことだろう。けど、今はそれどころではなかった。

何故《なぜ》なら、『なんとか成功させなくては』という使命感の方が上回っていたからだ。

このまま失敗し続けて注目の的になり続ける方が正直困る。見物に来る男たちもだんだんと増えてきているし……。余計なトラブルが起きた方が面倒である。

と、俺は心に言い聞かせ凛の手を優しく握った。

「とりあえず……力を入れないで、そのまま俺に預けるようにリラックスしてくれ」

「わ、わかりました！　力を抜いて身も心も翔和くんに委ねますっ!!」

「凛？　そこまでは言ってないからな……？」

「いえいえ。精一杯、頼らせていただきますね」

「身体《からだ》は寄せなくていいから。あーったく、話を聞いてくれ～」

周囲の殺伐とした雰囲気を意に介さず、凛は嬉《うれ》しそうに頰《ほお》を紅潮させながら微笑む。そして、宣言した通りに俺へ寄り掛かった。

なんでこんな誤解を生むような爆弾発言をするんだよ……。この後、間違いなく背後に気をつけなくちゃ駄目なやつじゃないか。

俺はため息をつきながら、金魚すくいで使うポイの裏表を確認する。

さて、やるか。早くやらないと、いろんな意味で辛《つら》いし……。

「とりあえず、最初は一緒にやってみよう。ま、凛ならそれで感覚を摑める筈《はず》だ」

「はい。全神経を集中させます！」

『全神経集中』って凄《すご》く息巻いているものの、表情が緩み切っているように見えるのは俺の気のせいだろうか？

俺は、深呼吸をして心を落ち着かせる。そして、凛の手を握りながらポイを水中にゆっくりと入れ、金魚のお腹《なか》の下に素早くスライドさせた。金魚が枠の近い位置に来た時に、ひょいと斜めに引き上げ、お椀《わん》に金魚を一匹すくい入れた。

「なんとかなったか……」

「翔和くん凄いです！　実に鮮やかな手際でした！」

俺は内心でほっとしていた。事前に調べていたとしても、実際にやってみると上手《うま》くいかないことの方が多い。だから、とりあえず上手くいってよかった……。

「まぁこんな感じだけど……どう凛？　いけそうか？」

「はい！」

凛は浴衣の袖をまくり上げ、「頑張りますっ！」と気合を入れた。

その子供っぽい仕草が微笑《ほほえ》ましく、俺は頑張れの意味を込めて頭をぽんぽんと叩《たた》く。勿論、髪型が崩れないように優しくだ。

ふぅと小さく息を吐き、俺に言われた通りにポイを動かす凛。その様子には緊張感があり、いつの間にか出来た大勢のギャラリーも固唾を呑《の》んで見守っていた。

普通こんなに注目されると緊張でミスをしそうなものだ。だが凛の場合、集中力が増しているようでより真剣な目をしていた。俺は心の中で『頑張れ』と声援を送る。

凛は、流れるような淀《よど》みのない動きで金魚をポイの枠に乗せ、やや大きめの金魚を見事すくい上げた。

その瞬間、周囲から〝ワァーッ！〟と歓声が上がる。そして安堵《あんど》したかのように凛の表情は和らいだ。

「出来た！　出来ましたよ翔和くん‼」

子供のように飛び跳ねて喜び、俺に向かってピースサインをしている。普段は大人っぽい彼女なだけに、不意を突いたような行動には目が惹《ひ》かれてしまう。

だから俺は、「よかったね」と返すのがやっとだった。

すると凛は、

「翔和くんのお陰ですっ！」

と無邪気な笑顔でそう言いながら、全く警戒していなかった俺に抱き着いてきた。

喜ぶ彼女を無下には出来ない。昔に出来なかったことが出来たというのは嬉《うれ》しいことだから。でも――

『視線が痛い‼』

という心の叫びは当然凛に聞こえる筈もなく、落ち着くまでただじっと耐えるしかなかった。

◇◇◇

祭りのフィナーレを飾るたくさんの花火。それがこの祭りの伝統であり名物である……と、健一は言っていた。

その花火があるから毎年、多くの観光客が訪れある意味カップルの聖地となっている。暗くなった公園で彼女と肩を並べながら、そして愛を囁《ささや》くと恋が成就する……らしい。

俺からしたら根拠のない迷信でしかないが、信じている人はかなりいるようだ。その証拠に、祭りが終わりに近づくにつれてカップルがやたらと増えてきていた。

あっちでいちゃいちゃ……。こっちでもいちゃいちゃ……。大変目のやり場に困る状況である。

そんな輩《やから》には、『こいつらに天誅《てんちゅう》を』と念じておこう――とさっきまでは思っていた。

そう、さっきまでは……。

「災難ですね」

「うん。本当に……すまん」

辺りに轟《とどろ》く雷鳴にも似た豪雨、それが空から滝のように降っている。

そう、花火開始二十分前に突然の雨が俺らを襲ったのだ……。そのせいで花火は中止。

祭りの会場に中止を知らせるアナウンスが流れた時には、祭りの騒がしい空気が一転してお通夜モードである。

そんなことがあったので、俺と凛は雨が止《や》むまでの間、雨宿りをしていた。服もびしょびしょ、頭もずぶ濡《ぬ》れ……。本当に災難である。

「謝る必要はないですよ？　天候は時の運ですから、仕方のないことです」

凛は時の運と言いつつも、悲しそうに空を見上げている。周りで同じように雨宿りしている人達も同じ気持ちなのだろう、ため息をついていた。

『俺も花火を見たかったなぁ……』

そんなことを考えていると、隣で『くしゅん』と可愛《かわい》らしい音が聞こえ、凛を見ると恥ずかしそうに顔を逸《そ》らした。

「大丈夫か、凛？」

「結構、濡れてしまったので……翔和くんこそ大丈夫ですか？」

「俺は大丈夫。凛の方が身体、冷えるだろ」

「そうですね。少し寒いかもしれません……」

浴衣というのは、面積が広い。だから、雨で濡れた凛の身体全体はびしょ濡れ状態になってしまっていた。

身体が小刻みに震え、かなり寒そうだ。

「翔和くん。寒いので少しだけ、くっついてもいいですか？」

「ああ」

こんな状態の凛を見て断れるわけがない。俺が頷くと凛は微笑み、俺の胸にくっつきそのまま体重をかけてくる。それを優しく抱き止めると、凛は両腕で俺の体をしっかり抱き締め、ある意味で脅威とも言える部分を押し当ててきた。

「えへへ……。これならちょっとあったかいですね」

「流石《さすが》に、くっつき過ぎじゃないか？」

「寒いので仕方ありません」

「まぁ、そうだけどさ」

浴衣は身体に吸い付き彼女のボディーラインが強調され、しかも淡い色の浴衣が薄《う》っすらと透けてしまっている。

こんな状況、『目に毒』と言わざるを得ない。男子高校生には些《いささ》か刺激が強い……。

「雨が止むまででいいのでお願いしますね？」

「はいよ……まぁでもその前に」

「……？」

俺は鞄《かばん》からハンカチを取り出し、凛の濡れた髪を拭く。まぁハンカチ程度では気休めにしかならないけど……ないよりはましだろう。

頭を拭いていると視線を感じ、視線を自分の胸元へと落とす。すると、凛は上目遣いでぼーっと俺を見ていた。

「変だった？」

「そんなことは……。その、ありがとうございます」

「ま、気にすんな」

なんとも気恥ずかしい。そんな思いを感じながら暫《しばら》くの間、お互いに無言になってしまった。


——だいたい十分後。

雨が少し弱まり、この恥ずかしい状況にも慣れてきた。相変わらず凛はくっついたままだったが、俺が「もうそろそろ……」と言うと顔を上げ渋々といった様子で俺から離れた。

「本当はずっとこのままでいたいのですけどね？」

「ずっとね……。けど、それじゃ風邪をひかないか？　服とかめっちゃ濡れてるし」

「もう！　そういう意味じゃないです！」

凛は不満そうに口を尖《とが》らせている。

だが、俺が首を傾《かし》げるとやや呆《あき》れ顔《がお》で『はぁ』と大きなため息をついた。

「わかってはいましたけど、翔和くんなら仕方ないですね……」

「なんでもありません……。それより、雨も止《や》んできましたし、そろそろ家に戻りましょうか」

「なんだそれ」

「だなぁ。早く服とか着替えないと風邪ひきそうだしね」

俺は、小さくくしゃみをして鼻をこする。

それを見た凛はスッと一歩前に出て、下から顔を覗《のぞ》き込むようにした。

「大丈夫ですか？」

「うん、まぁ……は〜くしゅん！」

「……説得力ありませんね」

「大丈夫だって」

「駄目です！　早く家に戻りましょう。風邪を悪化させるわけにはいきませんし」

「お、おう」

凛の勢いに思わずたじろいだ。押しが強いな本当に……。

「それと帰ったら、すぐに着替えて寝ないと駄目ですからね。薬も飲みましょう」

「おかんか！」

凛に手を引かれ、引っ張られる俺。小降りになってきた雨の中を急いで歩く。

だんだんと見えなくなる祭りの明かりに後ろ髪を引かれる思いを感じながら、俺と凛は祭り会場を後にした。

◇◇◇

「ひとまず身体を温めましょう」

家に着いた途端、凛はそう言い俺を布団の上に誘導するとやや強引に寝かせた。毛布で身体を巻かれ、まるでミノムシのようである。

〝されるがまま〟というのはどうかと思うかもしれないが、凛の目がマジだったので早々に諦めてしまったのだ。

そこまで必死になる理由はわからないが、凛はバタバタと忙《せわ》しなく動いていて、あっちに行ったりこっちに行ったりしている。

生姜《しょうが》湯や湯たんぽ……とにかく準備に余念がない。

――でも何故《なぜ》こんな準備をしているか？

理由は簡単。俺に微熱があったからだ。

例の如《ごと》く、額と額を合わせる恥ずかしいやりとりをしたので、余計に熱くなっているかもしれないが……。まぁ、確かに今朝からちょっと熱っぽかったしね。

寝不足でもあったし、体もちょっとだけ怠《だる》かった。そんな時に雨に打たれたら、体調を崩すのは当然である。

そんな俺の様子を敏感に感じ取ったから、凛は急いで帰ることを考えたのかもしれない。

相変わらずの素晴らしい察知能力だ。

凛は俺の額に熱冷ましのシートを貼り、寝転がる俺の横で正座をした。

「風邪はひき始めが肝心なので、今日はゆっくり休みましょう」

「もやし野郎には、雨風は辛《つら》かったってわけだね」

これを機に鍛えるのもありかもしれない。もやしっ子から並みぐらいになっても損はないだろう。

俺が横になりながら凛の方を向くとにこっと笑いかけてきた。

「これでお祭りも終わりかと思うと寂しいですね」

「そう、だな。残念だったね……花火」

「そうですね……」

窓から見える明かり一つ見えない夜空を二人して眺めた。

「でもいいんです。また行けばいいのですから」

「うん？　祭りにか？」

「はい勿論《もちろん》。今回は翔和くんと見られなかったので、次回はそのリベンジです」

「それはありかもなぁ～」

リア神である美少女と一緒に花火を見ること。それは魅力的で誰もが羨むことだろう。男として最高かもしれない……。

「はい。なので来年も、そして再来年も……。これから先、ずっと……」

「ははっ。光栄だなぁ……」

一人の美少女に、それも飛びっきりの美少女にそう言われて嬉《うれ》しくないわけがない。けど俺は、喜ぶ素振りは見せずに顔を赤らめる彼女をじっと見た。

――そして、彼女の様子でなんとなく察してしまった。

タイミングもムードも何もない状況だが、この後に言おうとしていることを……。

凛の顔がさらに赤く染まり、ふぅと小さな呼吸を何度も繰り返す。

「……私は翔和くんと、これからもずっと一緒にいたいと思っていますよ？　翔和くんは……その、どう思いますか？」

その言葉を聞いて俺は、思わず息をのんだ。

そこまで馬鹿ではない……。やや遠回しな言葉の意味を理解しているからこそ、今まで感じたことのないぐらいに胸が高鳴る。それと同時に奥底から湧き上がった血が一気に身体中《からだじゅう》を駆け回ったように、全身が熱を帯びてゆくのを感じた。

『……顔が燃えるように熱い』

俺は血が滲《にじ》むぐらい力強く手を握る。そして流されそうになる自分の気持ちに『馬鹿野郎』『忘れるな』と何度も訴えかけた。

――ここで流されるままに首を縦に振れればどれだけ楽だろうか。

――後先を何も考えずに突っ走れればどれだけ嬉《うれ》しいのだろうか。

けど、俺には出来ない。恋愛というものに身を置くことが。

あいつ等《ら》みたいに恋愛なしでは生きられないとなることが……。

だから俺のとるべき行動は決まっている。

もし、万が一にも、そんな機会が訪れてしまった時は――凛に『告白』を明言させないことが何よりも重要だ。

言わせないように話を逸らす。それしかない。

俺はざわついた気持ちをなんとか落ち着かせようと天を仰ぎ、何度も深呼吸をして布団で見えない拳を強く握った。

そして、少し間が空いた後、動揺を見せないようにいつもの調子で口を開いた。

「凛って、ずっととか永遠、一生って言葉をどう思う？」

「えっと……そうですね。言葉通りの意味だと思いますけど」

凛は『どうして今それを？』と言いたげに小首を傾げた。

「これは俺の持論なんだけど。ずっととか永遠のような……形のないものはあり得ないと思ってるんだ」

「……どういうことでしょう？」

凛は真剣な顔つきで俺を見つめる。

いつもの『見逃しません』という意志を感じる強い視線だ。

「ほら、言葉って形はないだろ？　前にも言ったかもしれないけど、だから証明なんて出来ないって」

絶対。百%。そんなものは世の中にはない。ミリ単位でも僅かでも、必ず綻びはあるものだ。

友情も恋愛も一生はない。片方はそう思っていても、相手の気持ちはわからない。たとえ口に出したとしてもそれが真実である保証はどこにもない。

だから、『一生』『ずっと』なんて言葉は軽いのだ。

「言っていましたね……。でも形がないから、せめてもの形を残すのではないでしょうか？　その形は色々とあるでしょうけど……」

「まぁね。けど、形としてモノを用意しても、それで人の心を縛ることは出来ないよ」

人は形を求めて結婚とかで誓約をする。せめてもの証明として、指輪とかを贈るわけだ。

でも、それも一生である保証にはならない。気持ちは変わるし、いつしか冷めてしまうことだってある。それは仕方のないことだ。

だから、『永遠の愛を誓いますか？』……俺は何よりもこの誓いが嫌いだ。耳に何度も残る、忘れたくても忘れられないこの誓いが……。

永遠って……何度あるんだろうな、本当に。

俺はため息をつき、天井を見上げる。すると、見上げた先に凛の顔が入り込んできた。

「翔和くん、一ついいですか？」

「何？」

「さっきから持論を展開していますが……もしかして、話を逸らそうとしていません？」

「…………」

咄嗟《とっさ》のことでつい目を逸らしてしまう。

明らかに誤魔化《ごまか》しきれないこの反応……。だが、彼女は何も言ってこない。

そんな状況に疑問を感じ、俺は恐る恐る視線を凛に戻した。

視界に再度入った彼女はかなり不機嫌そうに頰《ほお》を膨らませ、俺と目が合うなり顔を鼻と鼻がぶつかりそうな距離まで近づけてきた。

「……私が何を言おうとしているか気がついていますよね？」

「なんのことだかさっぱり」

俺は再度惚《とぼ》けようとするが、凛の両手で顔をがっしりとホールドされてしまっている。

やばい……逃げられない。

凛は口の端をぎゅっと結び、囁《ささや》くように俺へと問いかけてきた。

「なんで、そこまで頑《かたく》なになるのですか？」

「それは……」

「少しだけでもいいので、話してくれませんか？」

「別に話すことなんて――」

「私のこと……信用出来ませんか？」

ゼロ距離ともいえる近さのせいで、彼女の吐息があたる。

甘えるような彼女の声……。

それを聞いていると余計に動悸《どうき》が激しくなり、心臓の音が響いているのではないかと思えるほど高鳴ってしまう。

あー辛いな、本当に……。

俺は目を閉じ、小さく息を吐く。そして、眼前に迫る凜の大きな瞳を見た。

「凜のことは信用してる……。けど、理――んっ？」

『理由は』と続けて言おうとしたら人差し指を口に当てられ止められてしまった。

凜は俺の頭から手を離し、もう一度綺麗《きれい》な姿勢で横に座り直す。

そして、「それだけで十分です」と微笑《ほほえ》みながらそう言った。

「……理由を聞かなくてもいいのか？」

「聞きたいですけど、無理にとは言いません。それに……」

「うん？」

「私のことを嫌いではない。それがわかっただけで今は十分ですから」

凛は、言いたくなさそうな俺の気持ちを察したのだろう。

だから無理に聞かないように……。言葉では言わないけれど、いつか俺から話すのを待つことにしてくれたのかもしれない。

その気遣いが胸に突き刺さるな……。

「なぁ、凛……」

「何でしょう。翔和くん」

「さっき話してた〝ずっと〟ってことについて言ってもいいか？」

「勿論です」

「悪いけど、今の俺にはずっとなんて約束は出来ない……」

俺の言葉に悲しそうな顔をする。

けど、続きの言葉を待っているのか口を開こうとはしない。

俺は、言葉を選ぶように、絞り出すように連ねてゆく。

「だけど……。今、凛といるのが楽しいって思うこの感情は……形もないし、証明は出来ないけど〝本物〟なんだと思う。だから、その……」

凛に向けられた感情を無下にしたくはない。

しかし、だからと言って想《おも》いに応えることも出来ない。

「もう少しだけ、今に甘えてもいいか？」

これが今の俺が出せる結論。

この選択は正直──甘えだ。そして意地でもあり、わがままでもある。

『恋をしないと生きていけない』。あいつはそう言っていた。そのために金を使い、周りに迷惑をかけ……そして、最終的に全てを捨てた。

不要なものをそぎ落として消えていった。たとえそれが自分の子供であっても。

あの人達と同じ轍《てつ》を踏みたくはない。気持ちにただ流されて、全て自分を優先するような生き方なんて以《もっ》ての外《ほか》だ。

だから、俺はまだ付き合おうなんて大それたことを考えることは出来ない……。

そんな俺の心境など知るはずがない。けど、何故か凛はにこりと優しく微笑み、まるで慰めるように俺の頭を撫《な》でてきた。

そして「仕方ないですね」と呟《つぶや》いた。

「さぁ。病人はそろそろ寝ましょうか」

凛はそう言うと、俺に布団を掛けそのまま布団と倒れるように俺の横に寝転がった。

そして、耳元に近づき──

「私の気持ちは〝本物〟ですからね」

と柔らかくて温かい何かを押し付けてきた。

「寝るっ」

俺は、反射的に布団を深く被《かぶ》る。

布団から少しだけ出ているのだろう。その部分を優しく撫《な》でてきた。

今の彼女はどんな表情をしているのだろう？

気になりはするものの、俺は見ることが出来なかった。

――だって仕方ないだろ。

きっと今の顔は誰にも見せられないほど、緩んでいるのだから。

エピローグ　凛の覚悟と気持ち

The cutest high-school girl is staying in my room.

やってしまいましたぁぁあああああ!!!

――穴があったら入りたい。これが今の私の気持ちです。

なんて……大胆なことをしてしまったのでしょうか。

あ〜！　なんで勢いに任せてあんなことを!?

琴音《ことね》ちゃんには勢いが大事って言われましたけど……。何段階かすっ飛ばしてしまった気がします。

うぅ……。大丈夫でしょうか。嫌われてないでしょうか？

本来は、ゆっくりと関係を築かないと駄目なのですけど。

最初は、手を繋《つな》いで……ぎゅっとして……それから――あれ？

意外と順番は間違ってないかもしれませんね……。

私はくすっと笑い、布団から頭がはみ出ている彼をじっと見ます。

可愛《かわい》らしい寝息がすーすーと聞こえ、微笑ましい気持ちになりますね。

……翔和《とわ》くんには無理をさせてしまいました。

彼が風邪気味なのを悟らせないようにしていることぐらい、気がつきそうなものなのに……。彼の性格を考えればわかったことなのに……。

はぁ、これは私の大失態です。浮かれすぎて、気がつくのが遅くなってしまいました……。


次は、こまめに体調を確認しないと駄目ですね。

すぐに無理してしまいますし……今回みたいに空気を壊さないようにと平気なフリをしてしまいますから。


『悪いけど、今の俺にはずっとなんて約束は出来ない……』

ふと、さっきの彼の言葉が頭の中に蘇《よみがえ》ります。

確かに、言われたとき一瞬だけ悲しくなりました。でも、彼は理由を話そうとしてくれた……その事実だけで今は十分です。

翔和くんから直接語られませんでしたけど……理由は察しています。

最初からおかしいと思っていました。

まずは、家の環境――生活感がない家。それは家族の生活感がまるでない。そして、いつまでも戻らない両親。翔和くんの親に対しての反応……。

ここまで家に入り浸っているのに会えないなんておかしいじゃないですか？

その疑念が確信に変わったのは、両親の荷物が何もないことがわかってからでした。

最初は一人暮らしなのかと思ってました。単身赴任で仕送りという可能性もありましたし……。けれど……流石《さすが》に数ヶ月の間、連絡も仕送りも何もないなんて有り得ないです。

『ご両親はどうしてますか？』

でもそんなこと翔和くんに直接は聞けません。聞けるわけがありません。

以前、中庭でお昼を食べた時に加藤《かとう》さんが翔和くんにアイコンタクトをしていたのはこのことだったのでしょう。

『家のことを言っても大丈夫なのか？』と。

加藤さんは知っていたのですね、翔和くんの家の事情を……。

……私にも相談して欲しかったです。

力になれるのに……。微力な私だけど、倒れないように支えるぐらいは出来るのに……。

――でも、わかっています。何故《なぜ》話せなかったのか。

翔和くんは私に気を遣って欲しくない。そして、ずっといるなんて思っていない。いずれ目の前から私が去ると思っているからこそ、私が負い目を感じるようなことを言いたくない……。

だから翔和くんの置かれている状況を教えたくなかったのでしょう。


はぁ……本当に……。

翔和くんはどうしてこんなに優しいのですか。

悪意のない、見返りを微塵《みじん》も考えていない素直な優しさ。

……初めて会った時からずっとそうです。

『恩着せがましく何か怖いことを要求されるのでは？』と思っていた私に、そんな要求を一つもしてきませんでした。

それどころかいつも気を遣われてしまって……。

そんな純粋さ……余計に好きになっちゃうじゃないですか。

だから……。優しい翔和くんだからこそ――
もっと自分自身のことを大切にして欲しい。
もっと自分自身にわがままになって欲しい。

でも彼は言ってくれました。
『凛《りん》のことは信用してる』と。

これは大きな一歩です。
それに……今、楽しいのは本当って……。

少なからず心を開いてくれたのでしょう。
でしたら、これから私に出来ることは一つです。

それは――彼の口から『〝ずっと〟一緒にいたいと言わせる』ことです。
両親のことなんて気にならないぐらい、私のことを好きになってもらうしかありません。

翔和くんは私の気持ちには気づいてくれた筈《はず》です。

……なのでここからは、勝負の時です。

もし色々して……嫌がられたら、後で謝りつくすしかないですけどね……。

「もう……私だって恥ずかしいのですよ？　翔和くんはわかっていますか？」

私は小さく愚痴を漏らし、寝ている彼の汗をそっと拭った。

あとがき

この度は本書をお手にとっていただきありがとうございます。紫《し》ユウです。

まず初めに、編集部のK様、イラストレーターの木《き》なこ様、本当にありがとうございました。またご一緒出来て嬉しく思います。今回、凛《りん》の母親が出てきましたが、そのビジュアルイメージは木なこ様が描かれているシャ○マス真乃《まの》ちゃんを見て、実は決めていました。なので、描いていただき感激しております。

さて、本編についてお話しさせていただきます。

前回『どうしてだろう？』と疑問に思った部分が一部見えてきた、そんな巻になります。例えば、翔和《とわ》くんの家の事情などですね。ただ全部を書くことは、機会があればとなります……今回はボツとなってしまったので（笑）。というより、ページ数を完璧に超過してしまい削るしかありませんでした。

翔和くんの過去については、なんとなく予想がついていた人もいるのではないでしょうか？　なるべく一巻から伏線を用意していたので……。「そんなの伏線じゃない！」って言われてしまえば悲しくて泣いてしまうかもしれません。

話は戻りますが、今回の話で二人の関係は大きく前進しました。『いやいや！　遅すぎるよっ！』というツッコミは、右から左へ受け流します。一巻が凛の自覚であれば、二巻は翔和の自覚というところでしょうか。

実は、この物語はこの先の展開から終わりまで決まっています。正確にはプロットを組んだ上で肉付けをするように書き進めている感じです。よく既定路線から脱線しそうになりますけどね（笑）。

翔和くんの思いや考えを知った凛が今後どう動くのか。夏祭りの次の日から二人はどうなってしまうのか。それはまた今度ということで。

ＷＥＢの掲載については、本書の最後の方から完全に分岐します。ですので、よかったら併せてお読みください。閑話が多くなりそうですが……（笑）。

さて、毎回閑話に凛視点を書いておりますが、翔和以外の視点を書くことが実はかなり好きです。書き始めたら、一冊ぐらい余裕で行くかもしれません。

個人的には、健一《けんいち》と琴音《ことね》が付き合ったエピソードとか出会いとか、色々と書きたいところです。

今回はここまでで筆を置かせていただきます。それではまた皆様と会えると信じて！

紫　ユ　ウ

俺《おれ》の家《いえ》に何故《なぜ》か学園《がくえん》の女神《めがみ》さまが入《い》り浸《びた》っている件《けん》2

著　紫《し》ユウ

角川スニーカー文庫　22064

2020年3月1日　初版発行

発行者　三坂泰二

発　行　株式会社KADOKAWA
〒102-8177 東京都千代田区富士見2-13-3
電話　0570-002-301（ナビダイヤル）

印刷所　旭印刷株式会社
製本所　株式会社ビルディング・ブックセンター

Printed in Japan　ISBN 978-4-04-108805-0　C0193

★ご意見、ご感想をお送りください★
〒102-8177 東京都千代田区富士見 2-13-3
株式会社KADOKAWA　角川スニーカー文庫編集部気付
「紫ユウ」先生
「木なこ」先生

角川文庫発刊に際して

角川源義

第二次世界大戦の敗北は、軍事力の敗北であった以上に、私たちの若い文化力の敗退であった。私たちの文化が戦争に対して如何に無力であり、単なるあだ花に過ぎなかったかを、私たちは身を以て体験し痛感した。西洋近代文化の摂取にとって、明治以後八十年の歳月は決して短かすぎたとは言えない。にもかかわらず、近代文化の伝統を確立し、自由な批判と柔軟な良識に富む文化層として自らを形成することに私たちは失敗して来た。そしてこれは、各層への文化の普及滲透を任務とする出版人の責任でもあった。

一九四五年以来、私たちは再び振出しに戻り、第一歩から踏み出すことを余儀なくされた。これは大きな不幸ではあるが、反面、これまでの混沌・未熟・歪曲の中にあった我が国の文化に秩序と確たる基礎を齎らすためには絶好の機会でもある。角川書店は、このような祖国の文化的危機にあたり、微力をも顧みず再建の礎石たるべき抱負と決意とをもって出発したが、ここに創立以来の念願を果すべく角川文庫を発刊する。これまで刊行されたあらゆる全集叢書文庫類の長所と短所とを検討し、古今東西の不朽の典籍を、良心的編集のもとに、廉価に、そして書架にふさわしい美本として、多くのひとびとに提供しようとする。しかし私たちは徒らに百科全書的な知識のジレッタントを作ることを目的とせず、あくまで祖国の文化に秩序と再建への道を示し、この文庫を角川書店の栄ある事業として、今後永久に継続発展せしめ、学芸と教養との殿堂として大成せんことを期したい。多くの読書子の愛情ある忠言と支持とによって、この希望と抱負とを完遂せしめられんことを願う。

一九四九年五月三日

WEB発、
サラリーマン×JKの
同居ラブコメディ。
しめさば
イラスト／ぶーた
ひげを剃る。そして女子高生を拾う。
5年片想いした相手にバッサリ振られた冴えないサラリーマンの吉田。ヤケ酒の帰り道、路上に蹲る女子高生を見つけて――「ヤらせてあげるから泊めて」家出女子高生と、2人きり。秘密の同居生活が始まる。
好評発売中！

スニーカー文庫

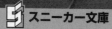

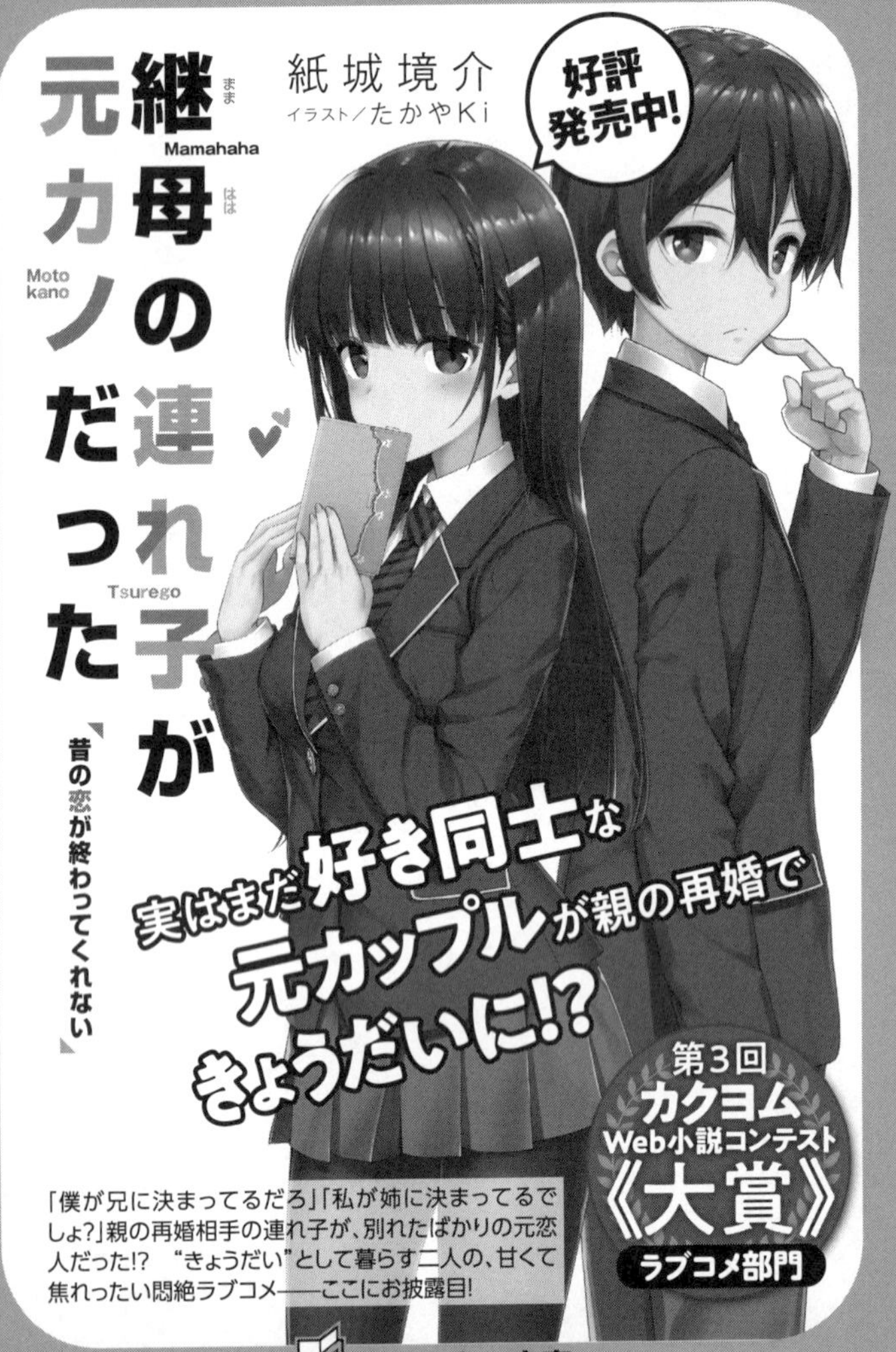

継《まま》母《はは》の連れ子《Tsurego》が
Mamahaha
元カノ《Motokano》だった
「昔の恋が終わってくれない」
紙城境介
イラスト／たかやKi
好評発売中!
実はまだ好き同士な
元カップルが親の再婚で
きょうだいに!?
第3回
カクヨム
Web小説コンテスト
《大賞》
ラブコメ部門
「僕が兄に決まってるだろ」「私が姉に決まってるでしょ?」親の再婚相手の連れ子が、別れたばかりの元恋人だった!? “きょうだい”として暮らす二人の、甘くて焦れったい悶絶ラブコメ――ここにお披露目!
スニーカー文庫

スーパーカブ

トネ・コーケン
イラスト：博

ひとりぼっちの女の子と、
世界で最も優れたバイクの、
青春。

山梨の高校に通う女の子、小熊。両親も友達も趣味もない、何もない日々を送る彼女は、中古のスーパーカブを手に入れる。初めてのバイク通学。ガス欠。寄り道。それだけのことでちょっと冒険をした気分。仄かな変化に満足する小熊だが、同級生の礼子に話しかけられ――「わたしもバイクで通学してるんだ。見る?」

シリーズ好評発売中!
Super Cub

スニーカー文庫

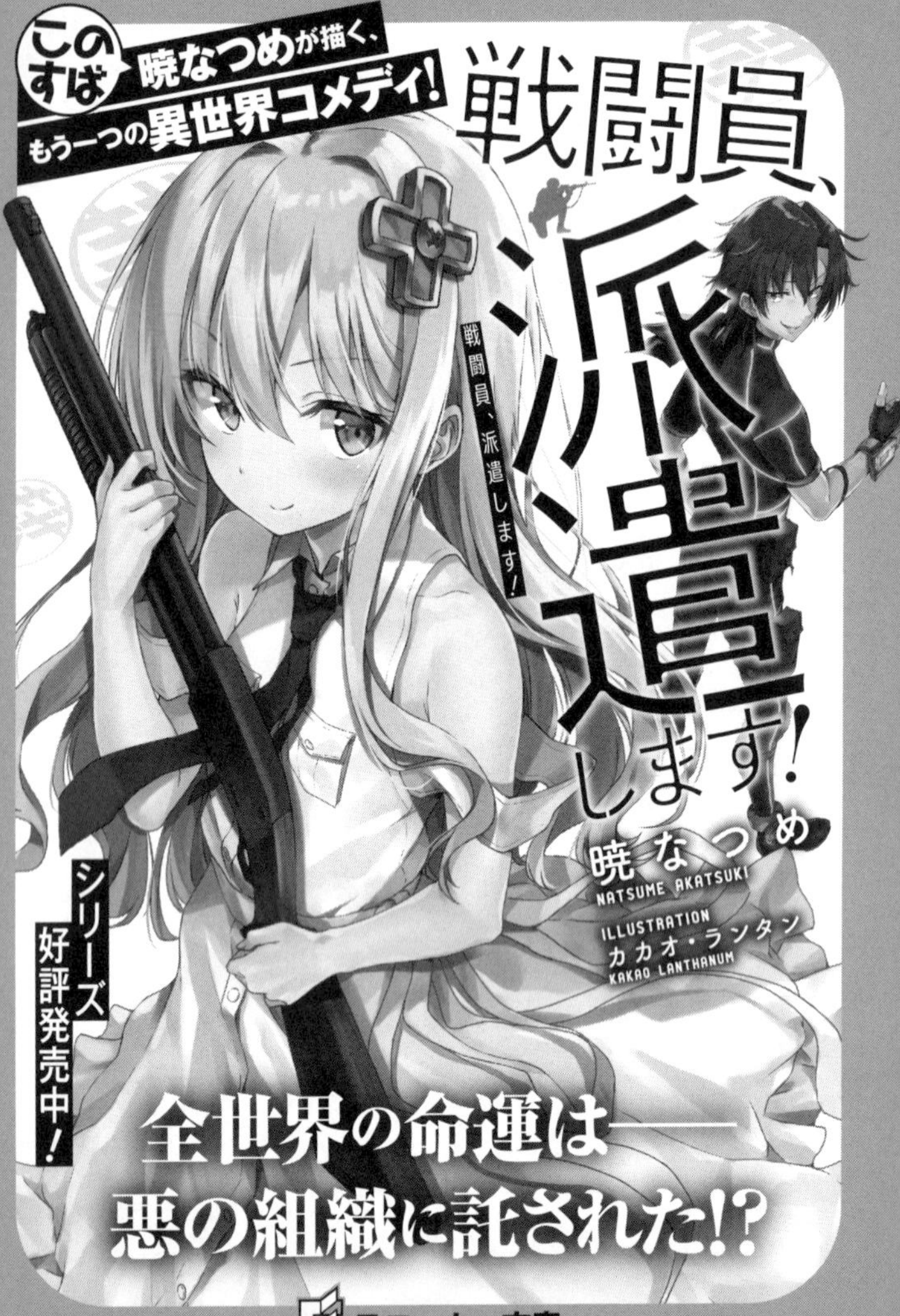
このすば
暁なつめが描く、
もう一つの異世界コメディ!
戦闘員、派遣します!
戦闘員、派遣します!
暁なつめ
NATSUME AKATSUKI
ILLUSTRATION
カカオ・ランタン
KAKAO LANTHANUM
シリーズ好評発売中!
全世界の命運は——
悪の組織に託された!?
スニーカー文庫

「」カクヨム
2,000万人が利用!
無料で読める小説サイト
イラスト：スオウ
カクヨムでできる
3つのこと
What can you do
with kakuyomu?
2
読む
Read
有名作家の人気作品から
あなたが投稿した小説まで、
様々な小説・エッセイが
全て無料で楽しめます
1
書く
Write
便利な機能・ツールを使って
執筆したあなたの作品を、
全世界に公開できます
3
伝える
つながる
Review & Community
気に入った小説の感想や
コメントを作者に伝えたり、
他の人にオススメすることで
仲間が見つかります
会員登録なしでも楽しめます!
カクヨムを試してみる
「」カクヨム https://kakuyomu.jp/ カクヨム 検索

スニーカー大賞
作品募集中!!!
イラスト／BUNBUN
応募はWEB&カクヨムにて!
締切4月1日
大賞
200万円
優秀賞 50万円
特別賞 20万円
詳細はザ・スニWEBへ
https://sneakerbunko.jp/award/